AF210810

F.U. Ricardo

Wolken über der Toskana

F. U. Ricardo

Wolken über der Toskana

Roman

Ricardo, F.U.
Wolken über der Toskana
– 1. Aufl. – 2010
Herstellung und Verlag:
Books on Demand GmbH, Norderstedt (www.bod.de)
ISBN-13: 978-3-83914-431-2

Umschlagbild: © Manoj Singh@fotolia.com

© 2010 by F.U. Ricardo

Alle Rechte, insbesondere die der Übersetzung in fremde Sprachen, sind vorbehalten. Kein Teil des Buches darf ohne schrift-
liche Genehmigung des Autors fotokopiert oder in irgendeiner
anderen Form reproduziert oder in eine von Maschinen ver-
wendbare Sprache übertragen oder übersetzt werden.

„Es kommt nicht so sehr darauf an, wie viele Jahre man lebt. Es kommt aber darauf an, dass man seine Jahre mit Leben erfüllt!

(Französischer Herzchirurg, dessen Namen leider dem Autor entfallen ist)

1

Die Mittagssonne des Monats August brannte erbarmungslos auf die hohen und alten, sogenannten Geschlechtertürme und in die engen Gassen der Stadt Gimignano in der Toskana. Die Fensterläden vieler Häuser, zum Teil auch altersschwach geworden, waren darum verschlossen, und die sonst so lebhafte Piazza wirkte wie ausgestorben.

Aber nicht ganz! In einem kühlen Kellergewölbe eben in diesen Geschlechtertürmen planten drei stolze Nachkommen der Etrusker, die alte Grösse dieser Stadt und ihrer Ahnen wieder herzustellen. Und dies durch eine Revolution in den Köpfen der Einwohner, die dazu führen sollte, sich vom korrupten System in Italien zu lösen und zunächst eine autonome und später eigenständige „Republica di Toscana", also einen eigenen und unabhängigen Staat zu gründen.

Verrückt, nicht? Gut, die drei jungen Heisssporne wussten, dass der Beginn des Etruskerreiches bald 2'800 Jahre zurück lag. Aber was ist das im Vergleich zur gesamten Geschichte der Menschheit?

„Es ist höchste Zeit, sich von hier aus einer weiteren Hochburg der alten Etrusker, der Stadt Volterra, der ruhmreichen Vergangenheit und Grösse bewusst zu werden und dieses Reich mit den heutigen Möglichkeiten neu aufzubauen!", meinten die drei mit leuchtenden Augen.

„Heute ist dies eine Vision, und in naher Zukunft schon kann dies Realität sein! Wir gehen in die neueste Geschichtsschreibung ein!"

„Schade ist nur, dass in unseren Reihen Historiker und Ethnologen fehlen, wenigstens bis jetzt, die uns allen ein vermehrtes Wissen über jene grossartige, aber leider versunkene Kultur der Etrusker vermitteln können. Nachforschungen in Lexiken und anderen Dokumenten ergeben einfach zu wenig, um dafür Interessierte von heute zu mobilisieren!"

Im Grunde genommen ging es diesen jungen Träumern nicht eigentlich nur um die versunkene Kultur jener Epoche, vielmehr die alte Macht zurückzugewinnen mit neuen Visionen und Mitteln der heutigen Zeit

„Was in Jugoslawien an Separationswegen möglich war, sollte doch auch hier umgesetzt werden können; und dies wenn unbedingt nötig sogar mit Waffengewalt. Eher und lieber aber mit Überzeugungskraft, List und dem Überraschungseffekt!", sinnierten die jungen Revolutionäre.

„Das heutige System in Italien funktioniert einfach für dieses doch so wunderschöne Land nicht mehr. Das Gefälle von Nord nach Süd, der Mentalitätsunterschied ist einfach zu gross und zu frappant, ja, geradezu unüberwindlich", meinten die drei Idealisten ganz aufgeregt. Sie steigerten sich dermassen in ihre Idee hinein, dass sie den Sinn für die heutige gegebene Situation und Realität verloren.

Aber ist das nicht das Vorrecht der Jugend?

Giovanni, Alberto und Fabio sassen bei flackerndem Kerzenlicht mit vor Eifer geröteten Köpfen zusammen und suchten nach Möglichkeiten, für ihren Feldzug Gleichgesinnte zu finden. Im Zeitalter der totalen Kommunikationsmöglichkeiten, mit Internet oder Facebook ist heute so manches Unmögliche möglich.

„Dass der italienische Geheimdienst unseren Mailverkehr kontrolliert, ist eher unwahrscheinlich. Die haben im Augenblick genug zu tun mit den Flüchtlingswellen aus Afrika auf Sizilien und manchen anderen Inseln im Süden! Und die politischen Parteien streiten sich gerade wieder mal bis ins Unerträgliche! Nur gehen diese tunlichst den brisanten Themen und echten Problemen aus dem Weg. Weibergeschichten der Mächtigen, die Müllberge von Neapel sowie natürlich eine optimale Show für den nächsten Gipfel ausgerechnet im neusten Erdbebengebiet, das sind beliebte Ablenkungsmanöver! Dies können wir nutzen!"

„Was da weit unten geschieht, das geht uns hier in der schönen Toskana wenig bis nichts an! Unsere Provinz ist einfach zu schade dafür, im Gewühl und in der Unordnung von heute in der Bedeutungslosigkeit zu versinken!"

Die Toskana mit ihren gut 20'000 Quadratkilometern und etwa vier Millionen Einwohnern ist nichts umsonst das Traumziel vieler Touristen und sehnsuchtsvoller künftiger Wohnsitz für Tausende von vermögenden Einwanderern aus wohlhabenden Nationen im Norden. Dies gewiss nicht nur wegen der Pinien, Zypressen, Oliven, Mohn- und Sonnenblumen oder auch der Spitzenweine!

2

Die fünfzehn noch gut erhaltenen Geschlechtertürme in San Gimignano galten früher als Statussymbol einflussreicher Patrizierfamilien. In der Grundfläche meist quadratisch, erreichten diese Wohntürme je nach Ansehen der Familie eine grössere Höhe. Sie wurden sogar als eigentliche Festungen ausgebaut. Man gelangte über Leitern, die im Belagerungsfall nach oben gezogen wurden, in das jeweils höhere Stockwerk.

Für heutige Wohnbegriffe einfach unvorstellbar mühselig und abstrakt! Man stelle sich nur mal die sanitären und hygienischen Probleme vor. Wohin mit all den Essensresten, wohin mit den menschlichen Fäkalien? Und bei Krankheit? Vegetieren und krepieren! Ein Medicus kam wohl kaum mit Salben und Heilpflanzen über alle diese Leitern empor gekrochen. Oder wenn die Nahrungsmittel verfault und verschimmelt waren und vor Gift und Bakterien nur so strotzten? Die Mäuse oder gar Ratten sowie eine ganze Palette von Krabbeltierchen?

Und wenn die Luft in den Türmen, die nicht zirkulieren konnte, zum Himmel stank? Fenster waren ja praktisch keine vorhanden. Im Winter frieren wie die Schlosshunde und im Sommer vor Hitze stöhnen. Da reicht vermutlich auch die blühende Phantasie unserer Generation nicht aus, um sich jene damaligen Lebensumstände auszumalen. Und doch wird das alles von vielen Besuchern bewundert. Antik, geheimnisvoll, pittoresk! Einfach einmal was ganz Anderes!

Was ging denn wohl damals in den Köpfen der Patrizier vor und was heute in den Vorstellungen bei den Touristen?

Was aber geht denn in den Köpfen und Herzen der drei „neuen Etruskern" vor? Schwer zu definieren. Wollten sie einfach einen neuen Traum leben und aus dem alten Trott herauskommen? Dem menschlichen Geist oder dem Geltungsdrang sind keine Grenzen gesetzt. Und Langeweile darf nicht aufkommen, denn diese wäre tödlich!

San Gimignano erhielt den Beinamen „Manhattan des Mittelalters". Die Stadt war nie gross, denn schwere Familienkämpfe schwächten die Entwicklung. Die Pest wütete 1348 derart, dass sich die stolze Stadt in den Schutz von Florenz begeben musste.

An der Piazza della Cisterna, von schönen mittelalterlichen Bauten umgeben, sassen nun nach der stechenden Mittagssonne „die neuen Etrusker" bei einem Campari Soda zusammen und skizzierten nochmals ihre Pläne und die nächsten Schritte.

Fabio hatte nahe Verwandtschaft in Volterra. Dort wollte er mit seinem jungen und ungestümen Cousin Roberto zusammenkommen, um ihn in ihr Gedankengut einzuweihen und ihn hoffentlich dafür zu begeistern.

3

Volterra gilt als eine der schönsten Städte der Toskana. Aber darüber lässt sich streiten; und darüber wird wohl immer gestritten. Bereits im vierten Jahrhundert vor Christus entstand der Ort aus mehreren etruskischen Ansiedlungen.

Zu manchen anderen Sehenswürdigkeiten zählt hier das Zentrum für Alabasterverarbeitung. In der Barockzeit galt eine sogenannte Alabasterhaut ja auch als Schönheitsideal vornehmer Damen.

In einem Café an der Piazza dei Priori sass Stella etwas gelangweilt herum und schlürfte ab und zu an ihrem Longdrink. Sie sah wirklich aus wie ein Stern, diese Stella. Und im Gegensatz zum Schönheitsideal des Barock fiel sie auf durch gebräunte Haut, durch schwarz bis oliv schimmerndes wallendes Haar, das ihrem südländischen Gesicht schmeichelte und auf bis die Schultern fiel, auch durch blitzende Augen, die manchmal dunkelgrün schimmerten und je nach Stimmung ihrer Seele die Farbe zu ändern schienen.

Sie war für manchen heimlich in sie verliebten Italiener in gewissem Sinn ein kleines Abbild von Sophia Loren. Das „Schlimme" an der Sache war, dass Stella sich ihrer Ausstrahlung voll bewusst war und eine diebische Freude daran fand, schmachtende Männerblicke offenbar völlig zu ignorieren. Innerlich aber registrierte sie diese voll und ganz! Mit ihren knapp 20 Jahren war sie unbestritten die ungekrönte Schönheitskönigin von Volterra. Aber dies genügte ihr nicht.

„Die Toskana ist gross, Italien noch viel grösser, und die Welt sowieso!", lächelte sie vor sich hin.

„Auf zu neuen Ufern! Nur nicht in der Bedeutungslosigkeit versinken und eines Tages Mama und dann Nonna werden, um schliesslich mit den Enkeln die immer leerer werdenden Kirchenbänke zu füllen, wie sich dies für fromme alte Weiblein geziemt!" Die in der deutschen Sprache bekannten und berüchtigten drei K, nämlich Küche, Kinder, Kirche waren für sie eine Horrorvorstellung.

Solches und Ähnliches ging ihr durch den Kopf, als ihr ein fröhliches „Buon giorno, Bella!" zugerufen wurde.

„Nein, nicht schon wieder so ein lüsterner Lümmel, der nur meine Figur sieht, mich nach Brüsten und Beinen taxiert und nicht nach meinem fliegenden

Geist!" Richtig böse blickte sie auf – und lächelte dann plötzlich etwas spöttisch. Denn vor ihr stand unternehmungslustig wie der erwachende Frühling ihr Cousin Fabio.

„Hallo, Amico; was machst denn du hier! Wieder den hübschen Mädchen nachjagen?"

„Das natürlich auch, Stella, aber nur der allerhübschesten! Du hast eigentlich den falschen Namen. Du bist kein Stern. Von denen gibt es Millionen. Du bist unter den Sternen wie die Sonne!"

„Solche Schmeicheleien kannten schon die Medicis! Aber aufgepasst: Diese vergifteten damals mehr Leute als später die Mafia! Also: Warum treibt es dich ins weltberühmte Volterra, das für mich aber eigentlich ein Kuhdorf ist?"

„Es ist deine Heimat, und darauf kannst du stolz sein!"

„Warum denn plötzlich so patriotisch? Ich habe dich auch schon anders erlebt!"

„Kein Streit, Stella; man ändert seine Ansichten mit dem Reiferwerden!"

„Du und reifer! Darf ich lachen? Dann wärst du ja vermutlich verheiratet und würdest zweitklassige Pizzas an Touristen verkaufen!"

„Ich sehe: Du willst also doch Streit! Nur, weil ich damals dir nicht in den Keller nachschlich, um angeblich Nachschub von Brunello-Flaschen für die Party zu holen? – Ich suche deinen Bruder Roberto!"

Etwas schnippisch wies Stella mit dem Kinn Richtung Elternhaus.

„Er muss irgendwo dort herumlungern!"

Tatsächlich war sie innerlich immer noch beleidigt, dass die kleine oder grössere Schwäche, die sie damals für Fabio empfand, von diesem angeblich nicht bemerkt worden war. Schliesslich gab es an jenem Fest weit und breit kein verführerisches Wesen als sie. Und ehrlich gesagt auch keinen hübscheren, intelligenteren und spassigeren junge Kerl als Fabio.

„Danke, Stella. Wir sprechen uns noch!"

„Wieso, worüber und was?"

„Das sind drei Fragen auf einmal! Lass mich dir eine um die andere beantworten!"

„Gut: also die erste Frage: Wieso?"

„Weil du nicht Stella, sondern ‚il Sole' bist! Nein, halt, nicht spotten. Ich meine es ehrlich!"

„Schmeichler!", lächelte sie, etwas versöhnlicher geworden.

„Übrigens: Ich habe eine Einladung zu einem Badeurlaub auf der Insel Elba! Und ich hoffe doch, dass du ein wenig eifersüchtig wirst. Sonst ist der Spass für mich nur halb so gross!"

„Napoleon ist dort nach hundert Tagen geflüchtet! Willst du länger bleiben?"

„Das kommt ganz auf den ‚neuen Napoleon' an, der mich dorthin eingeladen hat!"

„Einen solchen ‚neuen Napoleon' könnten wir für unsere Pläne gebrauchen!"

„Was für Pläne?"

„Schon wieder eine Frage, die ich dir zusammen mit anderen vielleicht später mal beantworte!"

Später ist aber dann vielleicht *zu spät!*, erwiderte Stella, etwas enttäuscht, dass Roberto anscheinend für Fabio wichtiger war als sie.

„Dummkopf", murmelte sie leise vor sich hin. „Ich könnte mit einem Fingerschnippen zehn Verehrer auf Trab bringen. Und du ziehst ein vielleicht langweiliges Gespräch mit Roberto vor. Hüte dich vor der Rache einer gekränkten Frau!"

All das realisierte Fabio nicht und schlenderte lächelnd hinüber zum Haus, in dem er Roberto zu finden hoffte.

4

Fabio und Roberto redeten sich in den nächsten Stunden die Köpfe heiss. Ihr Plan war einfach. Vielleicht zu simpel? Man musste es versuchen. Und zwar mit dem berühmten „Schneeball-Effekt"!

„Unsere Zielgruppe sind die jungen Leute in der Toskana. Sollten Ältere davon auch angesteckt werden, umso besser. Alle sollen eine Aufbruchstimmung im Kopf und im Herzen empfinden, so wie wir!"

„Es darf doch nicht sein, sich mit allem zufrieden zu geben, oder besser gesagt, sogar zu resignieren vor den heutigen Verhältnissen! Der Kapitalismus, der Kommunismus, der Faschismus, ja sogar der Klerus, der sich wie eine Wetterfahne im Wind nach der momentanen Situation dreht und bewegt, alles hat versagt!"

„Wir brauchen einen eigenen freiheitlichen Staat (tönt immer gut!) namens ‚Föderalistische Republik Toskana'. Als Vorbild in einigen Grundzügen dient unser nördlicher Nachbar. Nein, nicht etwa Milano und die Lombardei, sondern Svizzera! Schliesslich ist dies heute das zweitreichste Land der Welt und kennt seit über 150 Jahren keinen Krieg mehr. Oberste Autorität, also der Souverän, ist das Volk. Und die einzelnen Kantone sind autonome kleine Staaten für sich. Gewiss gibt es eine Regierung, aber diese hat nicht unbegrenzte Machtfülle. Mit genügend Unterschriften kann jederzeit ein Referendum ergriffen werden, und es kommt zur Volksabstimmung.

„Klar, einige kleinere oder sogar grössere Änderungen braucht auch dieses System. So zum Beispiel Gesetze und Justiz mit Zähnen, vielleicht doch etwas grössere Befugnisse für Regierung und Parlament sowie einige weitere Pfeiler für echten Fortschritt, die man später bekannt geben kann. Nur niemanden im Voraus erschrecken!"
„Wir suchen erst mal einige Hundert Gleichgesinnte. Diese werben weitere an. Mit Internetvernetzung ist heute mehr möglich als mit TV und Radio. An diese Medien kommen wir sowieso nicht heran. Einer unserer hohen Herren kontrolliert und dirigiert auf diesem Gebiet ohnehin alle und alles!"

Die ersten etwa Zwanzig des sogenannten „harten Kerns" sollten sich in Pisa treffen. Etliche dieser Jungen suchten schon lange nach einem Ideal und waren zudem meist arbeitslos. Die Begeisterung würde gewiss in kurzer Zeit steigen. Der Funke sollte überspringen und zum Feuer werden.

In Pisa konnte man im Meer der Touristenströme und in einem wahren Heer von Studenten ungestört die Gründung einer Revolutionsbewegung bewerkstelligen. Eine Revolution der Köpfe und Herzen, vorerst möglichst ohne Pulverdampf und Blutvergiessen.

„Ob sich Stella auch für diese Idee begeistern lässt", fragte sich Fabio. Er hoffte dies sehr, wagte aber nicht, Roberto zu fragen.

Er wollte nicht zugeben, noch nicht, dass er sich nun doch unsterblich in sie verliebt hatte und ihr Bild mehr in seinem Kopf herumgeisterte als die geplante Revolution. Frauen waren zu allen Zeiten für solche „heiligen Feldzüge" ein Stolperstein gewesen! Ihnen ging es nicht primär um das Glück der Welt, sondern um das Glück des Herzens.

Seit er sich damals benommen hatte wie ein dummer Bär, als sie ihn schelmisch aufforderte, ihr beim Weinnachschub im Keller zu helfen, schalt er sich tausendmal einen Hornochsen.

„Aber Stella ist da vermutlich anders gestrickt. Als Revolutionärin zu agieren, war wohl kaum ihre Zukunftsperspektive. Sie erachtet die Toskana sowieso nicht als immerwährende Heimat. Hier ist ihr alles zu eng und zu klein!"

5

Nahezu die Hälfte der Bewohner von Pisa, nämlich etwa 40'000, sind Studenten, also immer ein fruchtbares Feld für neue Ideen. Das Problem ist natürlich, dass die meisten aus anderen Gegenden und Ländern stammen und somit wenig Interesse für lokale Umwälzungen und Neuerungen haben. Im Gegenteil, viele würden darüber lächeln und spotten und süffisant bemerken, dass die Welt voll von so verrückten Ideen ist.

Während sich beim Campanile, dem weltbekannten Schiefen Turm, die meisten Touristen plappernd und fotografierend aufhalten, ist nur wenige hundert Meter davon entfernt die eigentliche Altstadt ursprünglich geblieben. Mit ihren verwinkelten Gassen und den vielen Bars, den alten und gelb gestrichenen Pisaner Häusern, war dieser Stadtteil eigentlich viel sehenswerter und pittoresker als der Schiefe Turm.

Aber wer glaubt zu Hause schon, man sei in Pisa gewesen, ohne Fotos oder Videos von diesem Bauwerk mitzubringen, angesichts dessen sich die Erbauer wohl zu Tode ärgern würden, wenn sie nicht schon längst tot wären. Denn eigentlich ist es eine kleine Schande für dieses Kunstwerk, dass zuvor die Bodenbeschaffenheit nicht abgeklärt wurde und das Gewicht der Steine ein Absacken des Fundaments verursachte. Ein Kunstwerk sondergleichen wurde also nur dadurch weltberühmt, weil sich alles bedrohlich zur Seite neigte und drohte einzustürzen.

Fabio und Roberto trafen sich mit etwa zwanzig Gleichgesinnten in einer der vielen Bars, natürlich in einem verschwiegenen Hinterzimmer. Sie wollten nicht den Schiefen Turm geradebiegen, aber ein nach ihrer Ansicht schiefes Demokratieverständnis ins Lot bringen. Da ihr spärliches Taschengeld durch die Reise und bisherige Verpflegung bald aufgebraucht war, konnten sie nicht beliebig lang in dieser berühmten Stadt bleiben.

„Also kein langes Palaver! Wir wollen so schnell wie möglich zur Sache kommen!

„Vorerst eine eigene Webseite im Internet unter dem Titel ‚Wolken über der Toskana!' oder was ähnliches. Dabei kann man mit einer gelungenen Homepage, die laufend aktualisiert wird, gewiss viele Surfer gewinnen. Die Jungen sitzen ja leider heute mehr vor dem Laptop als in einer gemütlichen italienischen Bar oder Pizzeria. Grafisch Begabte und zudem Arbeitslose aus unseren Reihen sollen in wenigen Tagen Vorschläge unterbreiten!"

Es war nur zu hoffen, dass nicht irgendein Schnüff-
ler der Polizia oder des Geheimdienstes allzu früh
auf sie aufmerksam würde. Dies sollte erst geschehen, wenn die Jungen schon eine gewisse politische
Kraft und entsprechend viele Anhänger im Land
besässen.

„Wer regiert und manipuliert uns?", fragte Fabio,
der unangefochten eine Art Führungsrolle über-
nommen hatte. „Die Hochfinanz, die Global-Player,
die Politiker, die Mafia, sogar auch immer noch,
wenn auch sehr abgeschwächt, der Klerus, und natürlich die Medien! Vielfach ist auch alles miteinander verschachtelt und verfilzt!

Genau das alles muss von uns unterwandert werden.
Somit müssen wir, um Erfolg zu haben, auch an die
unzufriedenen Söhne und Töchter dieser Leute he-
rankommen und sie für unsere Ideale gewinnen.
Beim Klerus natürlich die unehelichen Kinder!"

Bei dieser letzten Feststellung hatte Fabio bei allem
Ernst seines flammenden Vortrages die Lacher sowieso auf seiner Seite!

„Diese jungen Leute ‚regieren' zwar nicht, noch
nicht! Aber sie können gewiss ganz schön Druck
ausüben oder gar Geheimnisse ausplaudern. Und

darauf lauern einige der sogenannten ‚freien Medien' wie hungrige Wölfe!", fuhr er fort.

Dass bei den zwanzig frischgebackenen Revolutionären die Mafia oder wenigstens deren Zuträger bereits mit dabei sein könnte, dessen wurde sich Fabio im Moment gar nicht bewusst. Kannte er also die Methoden, die Unterwanderung und die Verbreitung der „Ehrenwerten Gesellschaft" doch nicht so ganz?

„Gut, ich weiss, diese unsere neue Weltanschauung ist einfach gestrickt. Die Wirklichkeit ist viel komplizierter. Aber irgendwie und irgendwo müssen wir beginnen. Für komplizierte Analysen haben wir keine Zeit. Dabei würden wir selbst alle alt und träge, und das Feuer der Leidenschaft ginge uns aus!"

„Aber das Feuer der Leidenschaft für meine Schwester Stella geht bei dir nicht so schnell aus, was?", meinte Roberto etwas süffisant ins Ohr von Fabio.

„Ist da schon ein Keim des Zerwürfnisses in unserer ‚heiligen Allianz'? Will vielleicht Roberto an die Spitze unserer Bewegung?", fragte sich Fabio, hütete sich aber gegenüber Roberto, nur einen kleinen Piepser zu machen.

6

In den Nachfolgestaaten der früheren Sowjetunion liegen noch haufenweise Kalaschnikows und alle Arten anderer Waffen herum. Oft kann man sich dabei bedienen wie auf einem Basar. Die in der Folgezeit langsam abziehenden russischen Kommandeure nahmen meist nur die neueren Waffen und Geräte mit. „Was sollte das alte Zeug zu Hause?", fragten sie sich berechtigerweise.

Und in den neuen und jungen Staaten machten gewiefte Waffenschieber Geld wie Heu, darunter auch Offiziere, Geheimdienstleute und Spezialisten aller Art, die nicht nach Hause wollten und irgendwie und irgendwo untertauchten. Sie wussten, dass sie zu Hause nur Arbeitslosigkeit erwartete, denn ausser Schiessen und Saufen hatte mancher wenig gelernt.

Der Euro war bald beliebter als der Dollar. Auch Schweizer Franken wurden gern gesehen.

Der Transport aus diesen Gebieten in irgendeine Ecke dieser Welt ist für Könner mit entsprechenden Beziehungen eigentlich ein Kinderspiel. Schmiergeld öffnet Kanäle, die viele Zollkontrollen, vor allem in weniger bekannten Seehäfen, löchrig werden lassen.

Sewastopol, die berühmte und bekannte Hafenstadt auf der Krim in der heutigen Ukraine, ist vorläufig auch noch Heimathafen der russischen Schwarzmeerflotte, die aber dort mehr oder weniger vor sich hindümpelt. Sie dient gelegentlich als Basis für Einsätze in Tschetschenien oder zur Sperrung des Seeweges nach Georgien. Gewiss wird diese noch anderweitig eingesetzt. Sie markiert vor allem die Präsenz Russlands auf vielen Meeren. Das Nadelöhr aber ist der Bosporus, vor allem, seit die Türkei Mitglied der NATO geworden ist.

Nach dem Zerfall der Sowjetunion verlor die Schwarzmeerflotte massiv an Bedeutung, denn vermutlich wurde diese auch nuklear abgerüstet. Nuklear abgerüstet? Wer weiss dies genau? So kommuniziert es Russland. Aber wer hat dies kontrollieren können? Etwa die Ukraine oder gar die NATO?

Der Pachtvertrag zwischen Russland und der Ukraine läuft 2017 aus, und darum wird Sewastopol wohl auch als Hauptstützpunkt aufgegeben werden. Die jährlich hundert Millionen Dollar Nutzungsgebühren sind der Ukraine bestimmt hochwillkommen. Aber was geht in Zukunft in diesen Ländern vor? Patriotismus, Geld, eine veraltete Strategie? Vieles ist ungewiss. Ob dies auch jeder einfache Matrose weiss und mitbekommt? Im Zeitalter des Internets, der globalen Vernetzung und Kommunikation ist manches möglich!

Aber der illegale Waffenhandel blüht! Auf der Krim und anderswo! Als Kleineinkäufer hätte man keine Chance. Darum waren „Sammelbestellungen" nötig für die Interessenten aus der Toskana, diesmal mit Vertretern aus dem Sudan und Somalia.

Pietro Cavalli, einer der Jungen aus der Toskana, Mitglied des Geheimbundes „Wolken über der Toskana", wusste nur zu gut, dass sein Job lebensgefährlich ist. Die Kerle aus dem islamischen Raum waren hartgesottene Profis. Gegenüber diesen war er ein „Chorknabe". Aber das alte Wort gilt immer noch: „Geld regiert die Welt!".

„Man kann diese Saukerle mit genügend Euro vielleicht auch gegeneinander ausspielen!" Mit solchen und anderen Gedanken reiste Pietro nach Sewastopol, nachdem zuvor etliche verschlüsselte Kontakte zwischen Pisa und Sewastopol stattgefunden hatten.

Dass aber Religion auch bei etlichen jungen Leuten immer noch oder erneut wieder eine so grosse Bedeutung hat, an das dachte der etwas lauwarme Katholik Pietro Cavalli nicht.

Gerade auch in Somalia und im Sudan wurde immer noch Hass gegen Christen eingetrichtert. Genau dies konnte ein tödlicher Fehler des jungen Italieners werden!

7

In einer schmuddeligen Hafenkneipe, natürlich in einem etwas stickigen und verrauchten Hinterzimmer, unterhielten sich die drei so unterschiedlichen jungen Leute mit ihren so unterschiedlichen Zielen, aus der Toskana, aus dem Sudan und aus Somalia – und dies in einem schrecklichen Englisch.

Aber sie ist inzwischen die am weitesten verbreitete Sprache der Welt, nämlich „bad English". Für ihren geplanten Deal brauchten sie wirklich keinen grossen Wortschatz und auch keine Grammatik.

Gekünstelte Freundlichkeit wechselte mit giftigen Blicken voller Mordlust und Geldgier. Auch Pietro merkte, obschon er schon etliche Wodkas intus hatte, dass er hier in einem Vorhof der Hölle sass.

Während der Alkohol bei den beiden Moslems die Zunge lockerte, den diese wohl nur ausserhalb ihrer Länder in solchen Mengen trinken konnten, war es dem weinfesten Pietro Cavalli ein leiser Trost, dass er immer noch relativ nüchtern war und die hier wohl lebensnotwenigen Reflexe aufbringen konnte.

Seine Waffenliste für die beiden „Grosseinkäufer" war für diese zu klein, obschon dies zuvor alles schon auf geheimen Chats im Internet verschlüsselt vereinbart wurde. Pietro merkte auch bald, dass es hier nicht nur um die Abnahmemengen ging, sondern um masslose Preiserhöhungen, die sich die beiden Abgesandten ihrer Länder wohl in die eigene Tasche stecken wollten.

„Wenn es nur bei dem bleibt", dachte er sich, „dann spiele ich mit. Sonst steige ich aus! Den beiden Moslems auf den Kopf zuzusagen, dass diese masslosen Preiserhöhungen in deren eigene Tasche fliessen würden und dass er dies an geeigneten Stellen in ihren Ländern durchsickern lassen könnte, liess er vorläufig bleiben. Damit konnte er gerade so gut sein eigenes Todesurteil unterschreiben.

„Aber wie, wann und wohin abhauen? Teufel auch, ich bin hier total ortsfremd, und meine beiden ‚Verhandlungspartner' offensichtlich nicht! Die Stadtpläne von hier stammen vermutlich noch aus der Sowjetzeit, und die kyrilische Schrift lesen kann ich auch nicht! Also: Den Handel vertagen auf morgen mit der Ausrede, ich müsste zuerst Rücksprache nehmen mit meinen Auftraggebern und auf Geldüberweisungen warten?"

So lautete denn auch seine offizielle „Erklärung" an die beiden Waffenschieber, mit der er sich davonschlich. Inoffiziell aber stand sein Plan fest: „Mein Leben retten, und dabei ab und direkt zu den russischen ‚Verkäufern'. Die Menge der Waffen verdoppeln und den Preis vervierfachen, damit der Mittelsmann überhaupt mit mir Kontakt aufnimmt!", so spekulierte Pietro.

Zum Glück kannte er zufällig die Adresse einer der zwielichtigen Figuren in diesem tödlichen Schachspiel. Diese fischte er mit einer zerknitterten Visitenkarte in einem Aschenbecher auf, und zwar in einem unbedachten Augenblick, als der Somalier und der Sudanese mit der Bardame schäkerten und eine neue Runde Schnaps bestellten.

„Nur, dieser ist vielleicht lediglich ein Bauernopfer im Schachspiel der grossen Händler! Oder bin ich dies dort selbst? Schlimmstenfalls kennen die beiden Moslems diesen ehrenwerten ehemaligen Genossen auch und machen ihre Drecksgeschäfte schon lange bevor da ein kleiner Italiener aus der Toskana auftaucht und mitmischen will!"

Mit diesem brennenden Fragen flüchtete Pietro aus der Spelunke. Salzige Seeluft und Fischgestank waren für ihn wie eine Erholung, ja, gar Erlösung aus einer erdrückenden Umklammerung in der Kaschemme. Aber diese Erholung dauerte nicht lange!

8

Igor liess Pietro äusserst widerwillig in sein luxuriöses Appartement hineinschlüpfen. Von Gastfreundschaft keine Spur, nicht mal die Frage nach einem Drink. Nur ein barsches: „Was willst du?"

„Unsere Geschäftsverbindungen gegenseitig verbessern und direkt abwickeln, ohne dass sich andere darin die Hände waschen!", meinte Pietro, innerlich etwas fahrig und unsicher, äusserlich aber bestimmt auftretend.

„Ob dies der Russe merkt? Die waren doch alle mal in irgendeinem Geheimdienst tätig?", fragte er sich.

„Du hast wohl Angst, dass deine sauberen Partner mit ihren sauberen Händen dich nachher abmurksen? Nun, das ist eines der vielen Risiken in unserem Geschäft! Komm, jetzt müssen wir doch etwas trinken. Chianti oder Barbera habe ich zwar für dich nicht hier, aber einen schönen Cognac aus Frankreich. Immer nur Wodka benebelt das vaterländische Gehirn, und schliesslich sind wir international tätig! Unterbreite mir dein Angebot!"

Das Englisch von diesem Igor oder wie er immer heissen mag, war nahezu akzentfrei. „Also demnach früher oder auch jetzt noch doch Geheimdienstmann!", dachte sich der junge Italiener.

„Ich brauche die doppelte Menge zum zweifachen Preis!"

„Dreifach!"

„Was, der Cognac? Nein! Das wäre zuviel."

„Der Preis, du Schwachkopf. Und dafür sicheres Geleit zurück in die sonnige Toskana", lächelte Igor süffisant. „Gibt es dort auch mal ab und zu *Wolken*?"

„Verdammt", fluchte Pietro lautlos in sich hinein. „Ist das nun ein Zufallsschuss ins Blaue, oder weiss dieser gerissene Hund bereits etwas über unsere Pläne? *Wolken über der Toskana;* diese Wortwahl kann doch kein Zufall sein!"

Igor lächelte nur noch eine Spur süffisanter, indem er interessiert das Mienenspiel seines Gegenübers studierte. Die Details des Deals wurden trotz diesem Grinsen in angespannter Atmosphäre durchgesprochen.

9

Es ist schon interessant, was da alles auch noch heutzutage auf dem Schwarzen Meer herumschippert und an eher verschwiegenen und äusserlich vielleicht etwas verlotterten Hafenanlagen in verlassenen Seitendocks anlegt. Es ist ebenso interessant, wie alte Seilschaften aus der Zeit des Kalten Krieges teilweise immer noch kameradschaftlich funktionieren.

Interessant sind überdies auch manche Frachtdeklarationen, Zollabfertigungen und sehr verschwiegene Kapitäne. Interessant werden gewiss auch Zusatzverdienste für Sonderdienste sein, wenn man bedenkt, wie viele unterbezahlte Leute ein kärgliches Dasein fristen, vor allem auch bei Hafenarbeitern, beim Zoll, bei der Polizei und weiss der Himmel wo überall.

Ungemütlich, ja sogar unheimlich und tödlich wird es dann, wenn auf solchen Gebieten sich gewisse Leute konkurrenzieren, wenn Wasserleichen im Salzwasser, im Brackwasser oder auch im Süsswasser treiben, die zu Lebzeiten zuviel geplaudert hatten oder gar die Seiten wechseln wollten.

Sewastopol, Constanta, Varna, Istanbul und dort durch den Bosporus ins Mittelmeer! Welch eine Fülle von Ländern, Möglichkeiten, Varianten und Interessen in einem im Vergleich zu den grossen Ozeanen doch kleinen Meer.

Es ist schon etwas Besonderes mit diesem Schwarzen Meer, das verwunderlicherweise sogar von Wissenschaftlern mit der biblischen Sintflut in Zusammenhang gebracht wird.

Pietro lebte noch! In einer miesen Kajüte eines bulgarischen Frachters fragte er sich bei scheusslicher Verpflegung und billigstem Fusel, ob wohl „seine Fracht" wirklich auch mit an Bord war. Diesbezügliche scheue Fragen in Italienisch, Deutsch oder Englisch wurden mit einem Achselzucken und finsteren Blick abgetan. Offenbar verstand niemand an Bord solch fremde Idiome, nicht mal der Kapitän. In der christlichen Seefahrt war offenbar bis heute Englisch noch immer nicht überall durchgedrungen.

Und der Russe Igor liess ihm gegenüber offen, ob die Waffen mit auf dem Schiff transportiert wurden, oder aber auf anderem Weg. „So etwas muss kurzfristig durchgeführt werden sowie auch streng geheim. Es kann immer Plauderer geben oder aber

Unterwanderung durch Geheimdienste oder mafia-ähnliche Organisationen. Du als Italiener solltest dies ja bestens wissen müssen!", grinste er bei jenem abendlichen Gespräch Pietro an. „In Varna erfährst du mehr. Danke Gott, dass ich überhaupt auf diesen Deal eingehe und dir eine Passage auf einem Schiff besorge und du nicht längst auf dem Meeresgrund liegst!"

„Du erwähnst Gott?", fragte er an jenem Abend ziemlich gehässig und auch mutig zurück. Allmählich gewöhnte man sich auch im Ton an den Umgang mit solchen Leuten. „Aber als ehemalige Kommunisten und heutige Sozialisten seid ihr doch Atheisten!"

„Nur weil wir euren Papst nicht als Stellvertreter Gottes akzeptieren, heisst dies noch lange nicht, dass manch einer von uns nicht an eine höhere Macht glaubt! Aber wir führen hier keine Bekehrungsgespräche! Geh sofort zurück in deine Unterkunft, pack deine Sachen und hau ab. In einer Stunde wartet an der nächsten Strassenecke ein Taxi auf dich und bringt dich zum Hafen. Alles Weitere später!" Mit Grausen und Sausen im Kopf und Herz erinnerte sich Pietro an die nächsten Schritte, bis er schliesslich auf diesem miesen Kutter unter bulgarischer Flagge „abgeliefert" wurde und mit dem Kapitän den „Fahrpreis" aushandelte. Er war vermutlich der einzige Passagier an Bord.

Auch in Varna wurde er barsch unterrichtet, dass seine „Fracht" auf besonderem Weg nach Rijeka befördert würde. „Du bist doch wohl nicht so verrückt, mit diesen Kisten durch den halben Balkan zu reisen? Man merkt, ihr seid blutige Anfänger. Du kannst doch nicht von hier aus mit deinen Leuten in Italien den Weitertransport besprechen. Bis diese eintreffen, hat Dich selbst bei uns die Polizei am Wickel!"

Geld hatte Pietro noch gerade soviel bei sich, dass er sich von Varna aus auf Schleichwegen nach Pisa durchschlagen wollte. Vielleicht blieb er aber auch unterwegs irgendwo erschlagen in einer Gosse liegen; und die restlichen schäbigen und zerknitterten Euro-Scheine wurden in seinem gewiss nicht sehr originellen Versteck an seinem Körper gefunden.

„Wirklich: ‚Wolken über der Toskana' erzeugen zuvor auch viele Schatten auf meiner gefährlichen Mission, sie können jederzeit in ein tödliches Gewitter umschlagen", dachte er sich.

„Ist das alles vielleicht von meinen Freunden so inszeniert? Bin auch ich nur als Bauernopfer im grossen Schachspiel geplant? Aber halt: So kommt man nicht weiter! Man muss trotz allem Betrug und Beschiss, den man hier überall sieht, Vertrauen zu seinen Freunden, einer so eingeschworenen Bruderschaft, haben. Sonst ist unsere ‚Revolution' zum Vornherein ein geplatzter Traum!"

„Mensch, ist das sich immer mehr vereinende Europa ein Flickenteppich sondergleichen", sinnierte Pietro weiter. „Von Bulgarien so schnell wie möglich hinüber an die Adria und dort die Wahre verschiffen nach Italien, als via bald einmal ein halbes Dutzend Nachfolgestaaten des ehemaligen Jugoslawiens hinauf nach Rijeka und Triest und von dort nach Hause.

Ja, gut: Auch wir wollen diesen Flickenteppich selbst in Italien noch etwas komplizierter und vielfältiger machen", lächelte er vor sich hin. „Aber das ist natürlich etwas ganz anderes und besonderes!"

Es ist für alle und überall immer etwas Besonderes!

Nun, der Transport der Waffen war nicht mehr seine Sorge. Aber er sorgte sich doch, ob die „Ware" jemals zu Hause ankam und diese abgebrühten Kerle Wort hielten. Er selbst sollte sich in Rijeka bei der alten Burg bereithalten, um weitere Anweisungen zu erhalten. Mit dieser knappen Bemerkung liess man ihn stehen wie einen geprügelten Hund

Der sonst wie schon erwähnt eher etwas lauwarme Katholik Pietro betete tatsächlich wieder einmal stumm zu seinem Gott, dass er ihn auf seinem

Heimweg beschützen möge. Für das kleine Waffen-
arsenal und die dazugehörige Munition zu beten,
getraute er sich aber doch nicht.

Kanonen hatte man zwar früher gesegnet, um den
Sieg zu erringen. Genau solche Dinge liessen ihn in
Sachen Religion ja auch etwas lauwarm werden. Auf
welche Seite sollte sich denn Gott nun stellen, wenn
überall gesegnet und um Sieg gebetet wurde?

„Aber wie auch immer: Ich und meine Brüder stehen
für eine gerechte Sache ein!"

War das nicht immer so in den Gedanken der Idealisten und Verrückten?

10

Langsam aber sicher machte Pietro das ständige Gebrumme des Hubschraubers über seinem Kopf nervös. Hatte Gott sein Gebet doch erhört? Mit viel Glück war er nämlich bis nahe an die Hafenstadt Rijeka im heutigen Kroatien angekommen. Eine lange und beschwerliche Reise, die seinen Nerven alles abverlangte.

Von hier aus war es nur noch ein Katzensprung hinüber nach Triest. In der alten Burg auf dem Hügel mit dem Namen Trsat sollte „die Ware" also übergeben werden. Der Weitertransport in seine Heimat sei organisiert und gesichert. So hatte Pietro noch die letzten gebellten Worte im Ohr, als er in Varna in Bulgarien loszog.

„Ist nun diese begehrte Fracht dort im Hubschrauber? Aber diese findet doch kaum Platz in dieser kleinen und nervösen Hornisse über mir!" Etwas blinkte und blitzte durch das Acrylglas in der Sonne auf und reflektierte sich in seinem Gehirn.

„Ist das ein Feldstecher, oder gar der Lauf einer Maschinenpistole? Sind dies die Polizei oder seine unsauberen Handelspartner? Ach was, dieser nervöse Vogel über mir ist reiner Zufall! Niemand kann wissen, dass ich jetzt genau hier bin. Die Reise war zu abenteuerlich und wurde auch zu oft unterbrochen, darum liegen meine Nerven blank!"

Pietro beobachtete mit klopfenden Schläfen und pochendem Herzen weiterhin den Helikopter und schritt, nein, hechtete aufgewühlt Schritt um Schritt zur alten Burg hinauf.

„Vielleicht ist hier mein Grab schon geschaufelt", dachte er düster. „Immerhin, so weit ich weiss, waren auch hier die stolzen Etrusker, unsere Vorfahren, die ersten Erbauer solcher grossartigen Befestigungen!"

Wie wenn dies jetzt ein Trost gewesen wäre. Aber irgendetwas Positives muss man denken, wenn man nicht verrückt werden wollte.

Es ist die ewige Tragik aller Revolutionen, dass diese auch ihre eigenen Kinder frisst!

Pietro sollte nie als Mittelsmann entlarvt werden können für die Organisation „Wolken über der Toskana", denn diese selbst brachte ihn oben bei der alten Burg für immer zum Schweigen. Also wieder ein Opfer für ein Ideal, das sich vermutlich nie lohnen wird.

Von der Burg Trsat geniesst man einen wunderschönen Ausblick auf die Bucht von Rijeka. In dieser drittgrössten Stadt des heutigen Kroatiens verstehen noch viele Einheimische Italienisch. Aber all dies nützte dem armen Pietro nichts mehr.

Auch die Kerze, die er in seiner Heimatstadt Volterra beim Hochaltar seiner alten Kirche anzünden wollte, aus Dankbarkeit für den Schutz, brannte nie! Seine Lebenskerze erlosch viel zu früh; ausgeblasen durch den Windhauch einer Idee, die vielleicht nie verwirklicht würde.

Immerhin: Er brauchte nicht zu leiden. Sein Tod kam so schnell, dass er gar nicht erst begriff, warum es plötzlich schwarz um ihn wurde und er ins Nichts versank. Etliche Gewehrkugeln waren mittels Zielfernrohr präzise und sofort tödlich.

Leiden würde seine Mutter zu Hause, die wohl nie vernehmen würde, wo ihr geliebter Pietro geblieben ist. Er war doch mit einem fröhlichen Gesicht von ihr gezogen mit den Worten:
„Mama, ich will mal einen kleinen Teil der Welt sehen. Frag nichts! Ich komme bald zurück und erzähle dir dann viele interessante Geschichten!"

Die Kisten mit Waffen und Munition wurden sorgfältig in einem zerfallenen Teil der Burg umgeladen und dann nach Pisa gebracht. Diese waren längst vor Pietro bei der Burg angekommen.

Wegen ein paar hundert Kalaschnikows, etlichen Spreng- und Handgranaten und anderer Errungenschaften ehemaliger sowjetischer Waffenkunst, die heute wohl schon veraltet ist und die vielleicht auch nie für die Toskana zum Einsatz kommen, wurden wieder einmal für sogenannte Ideale Opfer gebracht, die sich letztendlich kaum lohnten!

Immerhin, die Polizeiorgane fanden eine etwas zerschlissene Jacke des Toten, in der noch ein paar Euroscheine und ein sehr zerfledderter Pass steckten. Genauere Untersuchungen im Labor ergaben, dass es sich um einen gewissen Pietro aus Italien handeln musste. Familienname und weitere Angaben waren durch Kugeln zerfetzt und unleserlich geworden und konnten nicht rekonstruiert werden.

Man wollte als junger neuer Staat, der in die EU drängte, keine unnötigen Scherereien und Untersuchungskommissionen aus Italien herbeilocken. Darum wurde dieser Mord einfach verschwiegen, und man hoffte, dass keine Anfragen kämen.

Immerhin zeigte man soviel Pietät, diesem unbekannten Pietro ein Grab zu schaufeln und ihn dort ohne Zeremonie und um Himmels Willen ohne Presse beizusetzen. Ein schlichtes und kleines Holzkreuz mit dem Namen „Pietro" wurde in aller Eile und heimlich hergestellt. Die Farbe der ungelenken Buchstaben seines Namens würde wohl in kurzer Zeit verblichen und völlig unleserlich sein. Der Salzgehalt der Meeresluft aus der nahen Bucht von Rijeka trägt sehr schnell dazu bei.

11

Es gibt schönere und goldenere Sandstrände auf der Welt als der in der Bucht von Proccio auf der Insel Elba. Das wusste Stella sehr gut. Aber immerhin: Auch hier liess es sich gut und angenehm leben unter dem Motto „Dolce far niente".

Ihr weitläufig verwandter sogenannter Onkel Alberto, seines Zeichens eigentlich wieder Junggeselle, lud sie seit Jahren ab und zu in sein schönes Strandhaus ein und sah dabei gerne, wie sich Stella allmählich zu einer wahren Schönheit entwickelte. So ganz uneigennützig waren dabei seine verwandtschaftlichen Gefühle gewiss nicht.

Von Frau und Kindern seit geraumer Zeit getrennt, lauerte Alberto auf den Augenblick, an dem sich Stella bei ihm nicht einfach mit einem „far niente" bedankte für seine fast fürstliche Zuwendung.

Stella war natürlich nicht auf den Kopf gefallen, und sah etwas belustigt diesen doch ziemlich tapsigen Versuchen ihres Onkels, welchen Grades dieser auch immer sein sollte, entgegen.

„Ich will den Kerl schmoren lassen und zu gegebener Zeit klar Schiff machen!", dachte sie grinsend.

Sie dachte während diesen Ferientagen nicht etwa an Fabio, wie dieser wohl hoffte. „Wer mir einmal die kalte Schulter zeigt, der soll dies für immer büssen!" Vielmehr sinnierte sie über ihre heimliche Liebe zu Pietro. Je länger dieser weg war, umso mehr sehnte sie sich nach ihm. Ihre Liebe und Zuneigung wuchs, ihre Sorgen aber auch.

„Wo der nur steckt? Denkt er auch so oft an mich wie ich an ihn? Irgendwie sehr geheimnisvoll verabschiedete er sich vor etwa zwei Wochen von mir in Volterra, nahezu träumerisch lächelnd! War das wegen mir, oder vielleicht wegen eines besonderen Auftrages? Oder ist gar eine andere Frau im Spiel?"

Stella wusste schon einige Zeit, dass diverse Jungs in ihrer Stadt und sogar weiter herum etwas mehr ausheckten, als einfach hübsche Mädchen zu verführen und zu erobern. Nur erfuhr sie bis heute nichts Konkretes. Alberto stellte sich so dumm, als ob er von all dem nichts bemerkte. Er wich ihren diskret gestellten Fragen aus.

„Stella, du kannst uns doch alle ein wenig gern haben! Fabio, Pietro und auch mich! Du bist eine solche Schönheit und ein so intelligentes und verführerisches Wesen, das nicht einfach einem Einzigen gehören kann!", säuselte Alberto ihr eines Abends ins Ohr.

„Ich bin doch keine Hure!", blitzte sie ihn an, und zwar mit einem wirklich entrüsteten und wütenden Blick. Sie war nun doch überrascht, dass der etwas dümmliche Alberto vielleicht doch mehr wusste, als sie bisher allgemein annahm.

„Hure oder Heilige!", säuselte Alberto: „Du bist die grösste etruskische Schönheit, die es je gab!"

„Hört doch alle endlich auf mit diesem Etrusker-Blödsinn!", gab Stella giftig zurück. „Spinnt ihr denn neuerdings alle? Die Etrusker lebten meines Wissens vor über 2000 Jahren, und damals gab es noch keine Fotos und Filme von deren sogenannten Schönheiten!", schrie sie wütend auf.

„Aber es gibt Mosaiken, Felsmalereien, Abbildungen auf Amphoren und Geschirr und weiss nicht was alles!"

„Ja, und dazu gibt es heute immer mehr verrückte Leute. Einer davon bist du!", schleuderte sie Alfredo entgegen und verliess das Appartement und auch die Insel, ohne Adieu so sagen.

„Meine Güte, jetzt wollen mich diese verrückten Kerle noch vergleichen mit Schönheitsidealen vor über zweitausend Jahren! Eigentlich eine Beleidigung, mich mit jenen altertümlichen Weiberfiguren zu messen!", dachte Stella so richtig böse auf ihrem überstürzten Weg nach Hause.

„Und auf diese Napoleon-Insel bringt mich auch keiner mehr hin!"

12

Die Mechanismen der Gewehre waren grösstenteils defekt, die Drehungen der Läufe zerkratzt und zerschunden, die Präzisionsmunition zum Teil sehr alt und verrottet. Die Gruppe „Wolken über der Toskana" tobte, als ein Spezialist diesen Schrott der teuer erworbenen Waffen genauer untersuchte.

Ungefähr zur gleichen Zeit lachten sich gewisse Leute in Sewastopol fast kaputt vor Schadenfreude über den gelungenen Beschiss an diesen verträumten Revolutionären in der Toskana. Dazu floss der Wodka zur Siegesfeier in Strömen, und das Gelächter wurde immer lauter.

„Nicht *zu* laut", mahnte einer der Besonnenen. „Man hat hier allgemein wenig zu lachen. Wenn alles allzu lustig wird, könnten wir unangenehm auffallen!"

Aber das war schon geschehen! Und zwar nicht wie befürchtet von irgendeinem Geheimdienst der Russen oder der Ukrainer. Schliesslich operierte die Mafia in Italien schon zu Zeiten, als die russischen

Leibeigenen noch unter der Knute der Zaren stöhnten.

So ganz und gar sollten die Neureichen in Osteuropa nicht einfach über „Bel Paese" lachen. Der Arm der „ehrenwerten Gesellschaft" reichte nicht nur schon vor hundert Jahren von Palermo bis nach Chicago und New York. Auch Sewastopol ist heute jederzeit erreichbar!

Dass bei wachsender Mitgliederzahl der Vereinigung „Wolken über der Toskana" auch die Mafia ihre Ableger bei den glühenden Revolutionären einschleuste, war inzwischen manchem logisch Denkenden klar. Und dass gerade aus dieser Organisation wesentliche Geldmittel bis nach Sewastopol flossen, war näher Eingeweihten ebenso logisch. Was geht den heute noch ohne Geld? Also fragte man nicht näher nach der Herkunft gewisser Mitglieder und Geldmittel.

Eine Hürde war da freilich noch zu nehmen. Die meisten der etwa eine halbe Million Einwohner zählenden Stadt und Umgebung von Sewastopol sind ganz normale und anständige Leute, die höchstens mal wegen Schwarzbrennerei von Schnaps oder ähnlichen Kleinigkeiten eine Ordnungsbusse riskieren. Wo also suchen?

In finsteren, verrauchten und schmuddeligen Hafenkneipen oder in den Salons der Neureichen? Gewiss sowohl als auch!

Die „Geheimwaffe" der kleinen Truppe aus der Toskana in Richtung Sewastopol war Stella. Diese aber begab sich hauptsächlich auf Spurensuche nach ihrem Pietro. Nach ihrer hastigen Flucht vor dem lüsternen Alberto auf der Insel Elba wurde ihr verraten, dass Pietro von einem geheimen Auftrag in Sewastopol nicht zurückkam und spurlos verschwunden war.

Nichts ist gefährlicher als die verletzte und gar verschmähte Liebe einer Frau, die sich in glühenden Hass verwandeln kann oder in einen Rachefeldzug gegen eventuelle Peiniger ihres heimlichen Geliebten.

13

Die Gruppe mit Stella betrat einige Tage nach der Prüfung des Schrotts der gelieferten Waffen als Touristen den Boden von Sewastopol. Die diskrete Suche begann, soweit diese bei der erotischen Ausstrahlung von Stella überhaupt diskret sein konnte. Umständlich und schwierig war es, aber von eisernem Willen geprägt, die Lumpenbande der Waffenschieber ausfindig zu machen, die sie so schmählich übers Ohr gehauen hatten, unter der Prämisse:

„Mit uns nicht, ihr Halunken! Wir waren schon eine Kulturnation der Etrusker, als ihr noch in Höhlen herumgekrochen seid!"

Zufällig kam diese kleine Gruppe an einem späten Abend an einem ziemlich noblen Restaurant vorbei, aus dem wüster Lärm und schallendes Grölen drang. „Ungewöhnlich für einen Nobelschuppen, ein solches Gelächter und ein wüster Lärm!", meinte einer der jungen Burschen. „Die feinen Pinkel verhalten sich doch mindestens auswärts anders!"

61

„Was weißt denn du schon über die Gepflogenheiten der höheren Gesellschaftsschicht hier in der Ukraine", meckerte der zweite aus der Gruppe zurück.

Stella zog sich vorsichtigerweise etwas zurück. Sie wollte nicht schon wieder viele Blicke auf sich ziehen. Aber Roberto schlich sich näher an ein geöffnetes Fenster, um mehr zu sehen und vor allem etwas zu hören. Nur, er verstand kaum ein Wort Russisch! Doch glaubte er seinen Ohren nicht zu trauen, denn er meinte einige Mal das Wort „Toskana" aus den russischen Wortfetzen herausgehört zu haben. „Gibt es in der russischen Sprache vielleicht kein eigenes Wort für mein Land? Habe ich wirklich Toskana gehört?"

Als er dies seiner Gruppe erzählte, meinten diese: „Du bist verrückt! Du siehst überall Gespenster. Deine Sinne haben dir einen Streich gespielt!"

„Ich bin doch nicht besoffen. Leute, da war eindeutig aus dem ganzen Geschwafel das Wort Toskana herauszuhören. Nicht einmal, sondern mehrmals!"

Die lärmende noble Gesellschaft verliess das Nobelhaus, weiter lachend und herumalbernd.

Als Stella mit ihren Freunden hernach den Gourmet-Tempel betrat, wurde sie wohlwollend von unten bis oben betrachtet, ihre Begleiter aber sehr kritisch beäugt. Auf ihre direkte Frage, wer denn die feine und fröhliche Gesellschaft vorhin gewesen sei, wurde ihnen sehr herablassend von einem versnobten

Ober erklärt: „Wir geben sehr viel auf Diskretion. Wir geben darum auch keine Informationen über unsere Kundschaft! Zudem waren diese Herren heute zum ersten Mal hier und sind uns völlig unbekannt. Darf ich Sie hinausbegleiten? Wenn Sie, schöne Frau, noch etwas bleiben wollen, so sind Sie gerne mein Gast!"

Das Englisch des Obers war passabel, wenn auch mit einem etwas harten Akzent. Roberto meinte, als sie wieder draussen auf der Strasse wie geprügelte Hunde standen: „Stella, du musst dich opfern. Nimm die Einladung dieses Schleimers an und presse alles aus ihm heraus!"

„Ich!", schrie diese empört und zu laut. „Ich mache mich doch nicht zur Hure! Ach was seit ihr Männer doch alle für Dreckskerle!"

„Ich habe immer gemeint, du kommst hauptsächlich mit, um Pietro zu suchen?", erwiderte Roberto, zornig und beleidigt.

„Aber nicht auf diese Tour! Dass es für allemal klar ist: Sucht eure Betrüger selbst, und ich suche Pietro auf meine Weise!"

Sie stritten weiter auf dem Weg zurück in ihre bescheidene Pension. Nur Stella sagte kein Wort mehr und war ganz in sich versunken. Wer sie kannte, der wusste, dass dies viel gefährlicher war, als wenn sie weiter getobt hätte.

So waren alle wieder am Anfang ihrer Suche, die immer unmöglicher erschien.

14

Die verbliebenen Revolutionäre in San Gimignano, Volterra, Pisa und anderen Städten der Toskana fanden zunächst bei etlichen Personen Gehör. Aber alles Neue wird in unserer schnelllebigen Zeit bald überrollt und veraltet sehr schnell. Emotionen über neue Probleme und Problemchen gehen heute hoch uns sind morgen schon wieder verdrängt. Opfer bringen für eine gerechte Sache ist zwar edel. Aber die meisten wollten doch lieber einmal abwarten und beobachten. Man konnte sich ja immer noch einbringen!

Die Reden der jungen Idealisten zündeten. Aber wie lange?

„Freunde, Brüder: Wir rufen zu mehr Nationalstolz auf. Ich weiss, das war schon oft gefährlich. Bei uns nicht! Wir wollen einfach keinen Kulturmischmasch von Como bis nach Catania über 1'600 Kilometer. Wir wollen geordnete Verhältnisse und sogar Wohlstand für alle. Wir wollen eine gerechtere Umsetzung des Strafvollzugs durch die Justiz. Wir fordern Arbeit für alle. Wir wollen ein Gesundheitswesen, das seinen Namen verdient. Nein, das sind keine Utopien, sondern das alles ist möglich! Wir fordern sogar weniger Einfluss und Macht der Pfaffen!"

Interessanterweise kam gerade hier der grösste Applaus, sehr zum Entsetzen einiger älteren Mütterlein.

„Wenn wir sogar einheimische Truppenteile, auch unsere eigenen Carabinieri, für diese Ideen gewinnen, kann vielleicht das Ganze ohne einen einzigen Schuss vonstatten gehen. Rufen wir doch: ,Wir sind das Volk!', wie damals in der DDR!"

„Wirrköpfe", fanden einige Zuhörer. „Man kann doch hier keine Parallelen ziehen zwischen uns und der ehemaligen DDR! In Deutschland wollte wieder zusammenkommen, was getrennt war. Hier aber wollen sie Separatismus! Und hinter dieser Idee steht kein Gorbatschow und kein Helmut Kohl!"

„Blühende Landschaften", so meckerten andere, „hat Kohl den Leuten im Osten versprochen. Es blüht aber dort noch lange nicht! Blühende Landschaften haben wir hier zwar schon; die Jungen haben aber auch blühende Ideen und Phantasien. Aufgepasst, Leute! Es kommt immer ganz anders, als man denkt!"

Schon eigenartig, wie einige in der Toskana damals die Entwicklung im fernen Germania mitverfolgt haben mussten. War es heimliche Bewunderung für die Deutschen oder vielleicht Hoffnung auf weitere und neue Touristen? Diese Fragen bleiben gewiss für immer unbeantwortet!

„Recht haben sie, diese jungen Bengel", meinten andere und etwas bedächtigere Alte. „Aber das sagen wir im Voraus: Die halten nicht durch! Die werden gekauft. Und dann schweigen sie auch, wie viele andere zuvor. Die Türme von San Gimignano wuchsen auch nicht in den Himmel. Sie sind verlottert und zum Teil unbewohnbar geworden. So ist es immer, auch mit den besten Ideen!"

Wenn man im Süden debattiert, so findet dies kein Ende. Die Nächte sind auch zu schön und zu lau, der Wein zu süffig und das ganze Ambiente zu romantisch, um ins Bett zu gehen. Gut, die Weiber sollten mal heimgehen, wie es sich gehört. Vor allem die älteren Jahrgänge!

Meinungen wurden bis spät in die Nacht ausgetauscht, bei guten italienischen Antipasti und erdigem, gehaltvollem, rubinrotem Wein aus der Toskana. Immer etwas lauter ging es zu und her. So laut, dass auch ungebetene Ohren mithörten und einiges der Provinzialregierung, ja sogar Rom, berichteten. Wer weiss, diese konnten eines Tages daraus vielleicht Nutzen ziehen.

15

Was die idealistischen Revolutionäre nicht bedachten, ist die überall bekannte Tatsache, dass zum Beispiel deutsche Zöllner an der Grenze zur Schweiz oder Österreich nicht vom benachbarten Baden-Württemberg, Bayern oder Vorarlberg stammen, sondern möglichst aus Berlin, Schleswig-Holstein oder aus der Steiermark. Man könnte ja sonst gewisse Sympathien zu den Nachbarn entwickeln.

Genau so ist es auch oft mit den stationierten Truppen. Es sind kaum Einheiten aus der Toskana, die dort ihren Militärdienst absolvieren oder ihre Offizierslaufbahn absolvieren. Solche kommen meist bewusst aus Kalabrien oder gar Sizilien.

Dieser Taktik bediente sich schon Mussolini bei der Neubevölkerung Südtirols, geschweige denn Stalin mit Zwangsumsiedelungen in der damaligen Sowjetunion, die schon an Massenmord grenzten.

Ob ein ehemaliger sizilianischer Orangen- oder Olivenbauer nun in Bolzano oder Merano Apfel- und Birnenplantagen pflegte, ob aber ein ehemals auf der

Krim oder in der Ukraine ansässiger Tatare oder Deutsch-Russe auf der Verschleppung nach Kasachstan krepierte oder am neuen Ort verhungerte, das war schon ein grauenvoller Unterschied!

Aber stationierten Truppen für ihre Ideen und Ideale zu gewinnen, war schon eine Illusion. Niemand der jungen Heisssporne dachte im Moment auch an die NATO oder gar die USA mit ihren Stützpunkten. Bleiben also die Carabinieri? Aber wer wird denn wohl am ehesten vom Staat bezahlt und hat Anspruch auf eine Rente? Die Polizeiorgane und dergleichen mehr. Also auch auf diesem Gebiet eine weitere Illusion und ein weiterer Trugschluss, der nie richtig abgewogen wurde!

Dazu kommt eine kaum mehr beachtete Tatsache: Auch heute noch tummeln sich Geheimdienste verschiedenster Couleur in nahezu allen Ländern der Erde. Dabei geht es nicht immer nur um militärische Überlegungen. Auch der Wirtschaftskrieg tobt wie nie zuvor. Zudem heizt die weltweite Krise diesen noch tüchtig an.

Die Vorherrschaft über Öl und Gas fordert versteckt oder manchmal ganz offensichtlich viele Opfer. Hinzu kommt immer mehr blinder religiöser Eifer und Hass gegen Andersgläubige, der bewusst geschürt wird. Manchmal wohl auch falsch verstandener Nationalstolz und dergleichen mehr. Der zynische Kommentar der Drahtzieher lautet dann oft: „Wir wollen nur Katastrophen, ja, Anarchie verhindern!"

Dabei herrscht auf gewissen Gebieten bereits Anarchie! Und zwar durch Säuberungs-aktionen, die meist die Falschen treffen.

Was aber bleibt trotz allem in der Toskana und vielleicht in ganz Italien? Natürlich eine begeisterungsfähige Jugend, die genug hat von der allgegenwärtigen Korruption, den Mafia-Methoden in allen Schichten, den stinkenden und brennenden Müllbergen in Neapel, den Erdbebenopfern, die auch nach Jahren, trotz Millionen-Spenden, immer noch in Containern und Zelten vegetieren. Genug auch von Orgien in Villen der Regierenden, die denen des alten Rom in nichts nachstehen und so weiter und so fort.

Ausgenommen natürlich, man wäre selbst dabei!

„Darum also bleibt für uns nur eine möglichst friedliche Revolution und die Neubildung eines Staates, in dem endlich Gerechtigkeit vorherrscht!", war der Tenor der Hauptfiguren des Verbundes „Wolken über der Toskana"!

Der alte Traum in neuen Gewändern, die alte Geschichte in neuen Versionen!

16

Stella fand Sewastopol nicht gerade reizvoll und
interessant! Ihre Begleiter übrigens auch nicht. Die
Vorfälle der letzten Nacht liessen die Spannungen
wieder aufleben und die Stimmung auf den Null-
punkt sinken. Aber dies sollte sich ändern!

Interessant für die jungen Italiener aus der Toskana
war vor allem, dass hier vermutlich ganz versteckt
und offensichtlich ähnliche Bestrebungen im Gange
waren wie bei ihnen zu Hause. Es waren offenbar
Kräfte an der Arbeit, eine Unabhängigkeit der Krim
von der Ukraine voranzutreiben. Die Ukraine selbst,
heute das flächenmässig zweitgrösste Land Europas,
droht vielleicht auch auseinanderzubrechen: eine
Hälfte zurück zu Mütterchen Russland und die andere Hälfte am liebsten gleich in die EU und gar in die
NATO.

Ob Moskau dahinter steckt?

In vielen Spelunken trieben sie sich herum, auf der
Suche nach Anhaltspunkten für ihre Mission. Ausser
unsäglichen Kopfschmerzen infolge übermässigen

Alkoholgenusses blieb nur der Frust, bis jetzt noch nichts Wesentliches erreicht zu haben.

„Oft findet man den Schlüssel in die Appartements der Waffenschieber und anderen Gesindels in solchen Kneipen. Wir sind nur noch nicht an die rechten Leute gekommen. Und vor allem müssten wir auch ein eventuelles Codewort kennen, das Einlass in solche Kreise gewährt!", meinte Stella zu ihren Freunden.

Sie hoffte insgeheim zwar immer noch, irgendwo ihren Pietro zu finden. Dies war wirklich der Hauptantrieb für ihre Reise ans Schwarze Meer gewesen.

Bis jetzt war sie nur unzählige Mal angemacht worden von besoffenen Matrosen und anderen reizenden Geschöpfen des männlichen Geschlechts „Wenn dies immer und überall so weiter geht, muss man sich nicht wundern, wenn ich noch lesbisch werde. Allerdings liegt dies nicht in meinen Genen, und ich habe bis jetzt auch nichts ähnliches bei mir entdeckt", dachte Stella sich im Stillen. Still um sie war es ohnehin geworden seit dem nächtlichen Auftritt.

Sie wanderten ruhelos an etlichen der sage und schreibe etwa 2000 Denkmäler der Stadt vorbei, von denen kaum jemand Notiz nahm, geschweige denn wusste, wofür und für wen diese jemals errichtet worden waren.

Eigentlich zufällig traten sie in die St. Wladimir-Kathedrale, die prunkvoll von alten Zeiten kündete und voller Gerüste für Renovationsarbeiten ist. Da hier die Gräber mancher berühmter russischer Generäle und Admirale liegen, wurde diese Kirche ausnahmsweise auch in der sowjetischen Zeit nicht zu Speichern umfunktioniert oder zerstört.

„Man sollte hier nur wissen, welche Sorte Gläubige diese Kirche anspricht. Soweit ich mich orientiert habe, gibt es auch in der Ukraine eine wahre Sezession und viel Streit zwischen den Christen. Das Moskauer und das Kiewer Patriarchat liegen sich in den Haaren, natürlich auch die ukrainisch-katholische Kirche, gestützt von Rom, mischt tüchtig mit, anstatt sich gegenseitig zu akzeptieren und anderen Einflüssen die Stirn zu bieten!", meinte Roberto.

„Du meinst also effektiv gemeinsam gegen den aggressiven Islam?"

„Was auch immer! Aber man sieht, überall mischen die Paffen und die Popen in der Politik mit. Genau nach den Worten von Christus, der einmal sagte, dass sein Reich nicht von dieser Welt sei!"

„Seit wann bist du denn so gläubig und so bibelkundig?", fragte Stella, nicht etwa amüsiert, sondern eher überrascht.

„Das weiss ich von Mama, nicht von einem Priester! Und ich weiss auch, dass auf dem Gebiet der Religionen ebenso eine Erneuerung nötig wäre. Vielleicht ist sie schon da, und wir wissen dies noch nicht. Das Evangelium wurde und wird oft verfälscht wiedergegeben!"

„Mach nur so weiter, dann wird aus einem Revolutionär noch ein Religionsgründer!"

„War Jesus im Grund der Dinge nicht auch beides? Wir müssten nur seine Lehre endlich mal umsetzen!"

„Also: ‚Liebet eure Feinde'?"

„Kommt doch nicht immer zuerst mit dem allerschwierigsten Punkt seiner Lehre. Aber halt, da kommt ein schwarz gewandeter Pope feierlich daher. Vielleicht spricht dieser etwas Englisch!"

„God bless you, Father", meinten sie gemeinsam, an den Popen gewandt.

„Gott segne auch Euch, meine Kinder", erwiderte der Geistliche feierlich und in etwas holprigem Englisch. Kommt ihr aus Amerika?"

„Nein aus Italien, besser gesagt aus der Toskana!"

„Muss ein wunderschönes Land sein. Zypressen, Oliven, Sonnenblumen- und Weizenfelder, schöne alte Städte, viel Kultur!"

„Sie wissen ja gut Bescheid!"

„Ja, die Kirche weiss viel; sie hat auch viele Geheimnisse und kennt viele Geheimnisse!"

„Nur schöne und gute – oder auch andere?"

Verschmitzt zeigte der sonst wohl immer ernste Pope ein leises Lächeln und meinte lakonisch: „Als Italiener und Katholiken wisst ihr doch gewiss um das Beichtgeheimnis?"

„Wir wollen nicht beichten. Und keine Bange: Wir kommen auch nicht im Auftrag Papst Benedikts, um Ihnen Schäfchen zu stehlen!"

„Also seid ihr einfach Touristen? Es gibt in der Ukraine aber bedeutend schönere Orte!"

„Wollen sie uns weghaben, bevor wir uns hier richtig umgesehen haben?"

„Niemand will euch weghaben. Bei uns sind alle willkommen! Aber was wollt ihr *wirklich*?"

„Wir suchen nach einem hier verschollenen Freund von uns!" platzte Stella heraus.

„Warum verschwunden? War er etwa in einem gefährlichen Unterfangen hier tätig?"

„Ja, ganz offen gesagt vielleicht im illegalen Waffenhandel", verplapperte sich Roberto und bereute sofort seine Unvorsichtigkeit und seinen Ausbruch.

Der Pope wurde sichtlich nervös. Mit einer stummen Bewegung seines Kopfes und erschrockenen Augen wies er die Gruppe an, ihm unauffällig in eine Seitenkapelle zu folgen.

„Wollen wir oder wollen nicht?" fragten sich die Toskaner. „Jetzt oder nie!"

17

In einer etwas muffigen Kammer, voll abgestande-
nen Weihrauchs, vollgestopft mit abgeküssten Iko-
nen und einer Fülle von Messgewändern, die wohl
alle eine Reinigung bitter nötig hätten, nahm der
Pope erst mal mit etwas fahrigen, wenn nicht gar
zittrigen Händen aus einem Schrank eine Flasche
Wodka und einige trübe Gläser. Beim Einschenken
meinte er:

„Es ist äusserst gefährlich, hier so offen über solche
Dinge zu reden. Ihr spielt mit eurem Leben!"

„Nun", meinte Fabio, innerlich gar nicht ruhig, „ich
habe mal gelesen, dass das Leben insgesamt lebensgefährlich ist!"

„Keine dummen Sprüche, mein Junge! Was wollt ihr
wissen?"

„Alles!"

Nun begann der Pope zu erzählen, als wenn *er* zur
Beichte gehen würde.

„Wir sind ein zutiefst gespaltenes Land. Die einen wollen zurück zu Russland, und die andern drängen um jeden Preis nach Westen. Die Wirtschaft liegt am Boden. Die Korruption blüht. Von was sollen wir leben? Der Staat ist abhängig von Moskau und von Öl und Gas. Die Arbeitsmoral ist zum Teil schlecht. Die Geheimdienste verschiedener Mächte wüten ungehindert. Der illegale Waffenhandel floriert und ist lukrativ. Die Menschen sind ja überall blöd genug, dass sie an die Kraft und Macht der Waffen glauben.

Warum nur wollt denn ihr solche erwerben? Oder habt ihr schon welche gekauft?"

Während die ersten Sätze den Zuhörern ziemlich gleichgültig waren, so elektrisierte sie förmlich der letzte Satz!

„Was wissen Sie von *unserem* Waffengeschäft?"

„Die Kirche weiss viel! Es gibt auch gläubige Kommunisten und Terroristen! Und auch diese unterliegen dem Beichtgeheimnis."

„Auch wenn es dabei um Mord und Totschlag geht?"

„Auch dann, denn Gott ist letztlich der gerechte Richter!"

„Hören Sie doch auf mit solchem Scheiss", brüllte Fabio. „Diese Saukerle haben uns betrogen, trotz gutem Geld, das sie einsteckten!"

„Ich glaube, sie sind hier am falschen Ort für solche Ausdrücke", murmelte der Pope. „Als römisch-katholische Christen hätte ich mehr Respekt an einer geheiligten Stätte von ihnen erwartet!"

„Die Zeit der Inquisition ist vorbei", meinte Stella, etwas versöhnlicher.

„Sind sie sicher, meine Tochter? Liebe junge Enthusiasten, kommt, ich will euch kurz erzählen, wie dieses Geschäft läuft, mit dem ihr letztlich übers Ohr gehauen werdet.

Die Bosse und Drahtzieher sitzen nicht hier, sondern in Sotschi, in Odessa, am Genfersee in der Schweiz, oder gar in Miami in den USA, einfach überall. Sie lieben es, am Wasser zu wohnen. Das inspiriert, beruhigt und gibt auch in Notfällen Gelegenheit, unliebsame Leute verschwinden zu lassen oder dann auch selbst abzuhauen! Wisst ihr, dass eigentlich überall die Wasserpolizei unterdotiert ist?

Die unwissenden Fusssoldaten in diesen Organisationen werden je nach Belieben ausgewechselt oder verheizt. Selbst die mittleren Kader haben wenig Kompetenz und machen ebenfalls oft nur die Dreckarbeit. Dort sind auch Sadisten anzutreffen, die Freude am Quälen haben. Eigentlicher Abschaum der Menschheit!

Sagt mal: Wo wollt ihr denn suchen? Jeder Rachefeldzug endet im Leeren oder in einem Grab, eben meist im Wasser! Lohnt sich dies?

So, genug geredet! Lasst uns jetzt etwas essen und trinken und vernünftig in die Zukunft blicken! Denn so lange Predigten und Messen halte ich heutzutage ja nicht mal mehr in der Kirche!"

Das anschliessende Essen war währschaft und gut. Wo kennen denn die Geistlichen nicht gute Gaststätten, in denen man ungestört reden kann? Das Gespräch zog sich dahin, zwar sehr angeregt, aber die Meinungen blieben differenziert zwischen dem gewiss gütigen Popen und den jungen Leuten. Die Stimmung besserte sich erst nach einigen Gläschen.

Übrigens ist dies kein billiges Klischee über die Völker der vormaligen Sowjetunion, dass viele sehr tief ins Glas oder gar in die Flasche schauen!

Der Autor liest gerade beim Schreiben dieses Buches in einer Zeitung, dass in Russland allein jährlich eine halbe Million Menschen durch zuviel Alkohol frühzeitig zu Tode kommen! Dies ist kaum ein Werbegag des CIA, sondern eher traurige Wirklichkeit, auch wenn man Zahlen nach unten aber auch nach oben manipulieren kann.

18

Wenn in San Gimignano die alten Steine der alten Türme lachen könnten über das, was sie alles gesehen und gehört haben in all den Jahrhunderten, so wäre deren Gelächter vermutlich sehr viel lauter als das, was aus den Pizzerias, Bars und Restaurants zu ihnen empor drang. Zum Glück aber schweigen die Steine.

Besser wäre, wenn manchmal auch die Menschen etwas mehr schweigen würden. Vor allem, wenn man einen friedlichen oder sogar gewaltsamen Umsturz plant.

In Rom wusste man noch am gleichen Tag in verschiedenen Ministerien sowie in der Armeeführung und beim Geheimdienst einiges von den verrückten Plänen einiger Heisssporne in der Toskana. Interessanterweise funktionierten hier die Informationswege und die Zusammenarbeit gut, was sonst kaum je der Fall ist. Man muss doch wachsam sein um seinen Posten!

In San Gimignano riefen manche der Heissköpfigen: „Porca miseria!" Na, gut: sie schrien diesen Begriff ganz anders und viel kräftiger, aber so, dass man dies vielleicht rufen kann, aber nicht schreiben sollte!

„Heute führt man doch keinen Umsturz herbei mit bestochenen Polizisten und Soldaten und mit bewaffneten Horden! Dafür gibt es das Internet, multifunktionelle Handys und für die hintersten Kuhdörfer, auf die es eigentlich gar nicht ankommt, altbewährte Flugblätter.

Und dann in Massen auf die Strassen, mit griffigen, gescheiten und verständlichen Parolen. Dies tagelang, wochenlang! Bis diese Massen noch grösser und die heutigen Bosse mürbe werden. Also, kluge Köpfe: Denken, planen und handeln!"

19

Stella flanierte in Gedanken versunken an einem wie es schien verlassenen Quai in Sewastopol entlang, dessen Namen sie nicht mal kannte. Sie sah nur verschwommen, dass da viele Kriegesschiffe vor Anker lagen, die je nach Grösse leichter oder unmerklich vor sich hin dümpelten.

„Das müssen vielleicht sogar russische Kähne sein!", sinnierte sie. „Vielleicht dürfte ich hier entlang gar nicht spazieren gehen! Vielleicht hält man mich hier sogar für eine Spionin! Die Russen sind ja bekannt für eine nahezu paranoide Angst vor westlicher Spionage. Dies vielleicht sogar ein wenig zu Recht, denn sie wurden von Westen her mehrmals heftig angegriffen, durch die Grande Armée Napoleons, durch Hitler und andere. Wie bin ich überhaupt hierher gekommen und warum hat mich bis jetzt niemand angehalten?"

„Stoj!", rief ihr plötzlich eine gar nicht militärisch scharfe Stimme entgegen. Als Stella immer noch halb abwesend aufblickte, sah sie vor sich einen jungen russischen Matrosen. Dieser lächelte sie doch tatsächlich freundlich und neugierig an. Sein leicht slawisch geprägtes Gesicht, voller sympathischer Sommersprossen, war offen und irgendwie herzlich.

„Wie können denn Sommersprossen sympathisch sein?", fragte sich Stella. „Aber an diesem jungen Kerl ist eigentlich alles sympathisch!"

„Ich verstehe kein Russisch, ausser ‚Da' und ‚Njet', und natürlich 'Stoj'. Sprechen Sie Englisch oder gar Italienisch?", meinte Stella zu dem jungen Matrosen.

„Italiano", grinste dieser mit strahlender Miene. „Das möchte ich gerne lernen. Die Sprache der Engel! Und Sie sind wie ein Engel! Aber ich spreche nur etliche Brocken Englisch und natürlich Russisch!"

„Also, versuchen wir es mit Ihren Englisch-Brocken", lächelte Stella zurück.

„Sie dürfen sich hier an dieser Stelle nicht aufhalten! Sehen Sie denn nicht: Das ist militärisches Sperrgebiet! Wie sind Sie nur hier reingekommen? Merken Sie denn nicht, dass hier keine Zivilisten spazieren?"

„Niemand hat mich aufgehalten!"

„Natürlich, wie sollte denn auch jemand einen Engel aufhalten!", lächelte der Russe weiter. „Entweder waren die Wachtposten von Ihnen so geblendet, dass sie nicht reagieren konnten. Oder sie waren besoffen oder beim Pinkeln! Oh, Entschuldigung für diesen Ausdruck!"

Der Russe hatte etwas Mühe, diese Sätze in Englisch hervorzuklauben. Aber Stella verstand die Hauptsache und strahlte ihrerseits den jungen Mann auch an. „Kommen Sie, schnell hier weg, dass Sie nicht in Schwierigkeiten geraten! Ich heisse Juri Gastrow, Matrose bei der Schwarzmeerflotte, zurzeit für einige Stunden frei für Landgang!"

Als sie zusammen am Kontrollposten vorbei schlichen, bemerkte Stella erst jetzt die Absperrung. Für Juri konnte die Situation weit gefährlicher werden als für Stella, hier durchzukommen, in Begleitung einer potentiellen Spionin. Sie bemerkten aber grölenden Gesang aus der Bretterbude. Nun, der Posten dort war ja wirklich zum Gähnen langweilig, denn wer schleicht sich dort durch diese sorglose Absperrung?

Schliesslich stand in Russisch und Englisch deutlich genug: „Sperrgebiet, Betreten strengstens verboten! Welcher Idiot sollte dies denn missachten? Niemand dachte daran, dass es auf der weiten Welt auch Menschen geben kann, die weder Russisch noch Englisch verstehen.

Stella verstand zwar recht gut Englisch. Aber wenn man in Gedanken versunken ist, liest man doch keine Schilder. Besonders nicht, wenn diese zu Hauff herumkleben, verschmutzt und verwittert und unleserlich sind. Auch der Schlagbaum war nicht geschlossen. Was die beiden aber nicht bedachten: Ausnahmsweise funktionierten die Überwachungskameras und lieferten später sehr deutliche Bilder.

Nur diese wurden viel zu spät ausgewertet. Erst dann, als die Wachthabenden jener fraglichen Zeit schon hinter Schloss und Riegel steckten und schlagartig nüchtern wurden. Beim anschliessenden Verhör sangen diese nicht mehr die alten und melancholisch klingende russische Lieder aus der Heimat. Sie „sangen" bei ihrem Verhör über ihre Versäumnisse und zitterten vor drakonischen Strafen.

Derweil waren Stella und Juri sich näher gekommen und hatten sich viel, sehr viel zu erzählen.

Beide kamen zum logischen Schluss: „Wir müssen so schnell und unauffällig wie möglich nicht nur weg aus Sewastopol, sondern weg aus der Krim, weg aus der Ukraine und weg aus dem Einflussbereich der russischen Militärjustiz und weg vom ukrainischen Geheimdienst. Wenn echte Gefahr da ist, spannen diese Behörden, auch wenn sie sich sonst spinnefeind sind, doch zusammen, um damit auch die sehr getrübte politische Wetterlage wieder zu normalisieren.

20

Juri musste seinem sicheren Todesurteil entgehen. Er flüchtete auch aufgrund seiner Liebe zu Stella, die er ihr noch gar nicht gestehen konnte. „Es gibt sie also doch, die Liebe auf den ersten Blick", dachte er einerseits träumerisch, zum andern innerlich zitternd und aufgewühlt.

Nicht zuletzt wollte er eigentlich schon lange raus aus seinem eintönigen und für ihn bis jetzt sinnlosen Leben als Matrose auf einem Kreuzer der russischen Schwarzmeerflotte.

Er sah hier keine Perspektive und keine Zukunft, nur blödsinniger Drill und sinnlose „Aufgaben für das Vaterland", wie dies viel und oft mit ermüdenden Phrasen in sie hinein gepumpt wurde. Plötzlich war eine vielleicht einmalige Gelegenheit da! Er hatte hier und auch in Russland nichts mehr zu suchen. Die Eltern waren in der Sowjetzeit eines Tages abgeführt worden wegen gefährlicher politischer Parolen und nie mehr zurückgekommen. Vermutlich lebten sie nicht mehr. Seine einzige Schwester Katja war daraufhin geflohen, ohne je ein Lebenszeichen von sich zu geben. Es war fast eine „Gnade" des neuen Russlands, dass er, der junge Juri, Aufnahme fand bei der Marine. Zuvor wurde er auf „Herz und Nieren" geprüft, ob nicht auch er antirussischen antirussischen Zielen erlegen war.

Und Stella flüchtete aus Angst und Sorge, in den internen und externen Strudel der Auseinandersetzungen gezogen zu werden in ihrer „Reisegruppe", die sich vermutlich in tödliche Gefahr begab. Sie sah die plötzliche Möglichkeit durch das unverhoffte Zusammentreffen mit diesem liebwerten russischen Matrosen gemeinsam zu flüchten.

„Ich will nicht zwischen den Mühlsteinen der dubiosen Revolutionäre aus meiner Heimat, der Waffenschieber hier in der Ukraine, der verdeckt arbeitenden Mafialeute, der Geheimdienste und Polizei zermalmt werden!" Auch sie spürte in ihrem Innersten, dass Juri ein Mensch und ein Mann ist, dem sie vertrauen und bis ans Ende der Welt folgen konnte.

Sie hätten sich so viel zu erzählen gehabt über ihre Enttäuschungen und über ihre Wünsche, Zukunftshoffnungen und Pläne, dass sie sich dazu tage- und nächtelang austauschen müssten. Doch jetzt war dafür keine Zeit. Zuerst musste auf irgendwelchen verschlungenen Wegen ein Ausreisevisum für Juri besorgt werden. Und dann auf ebenso verschlungenen Pfaden ab in den Westen!

Wieder einmal mehr diente dazu der Wasserweg. Denn im Schwarzen Meer schwimmen viele eigenartige Pötte mit speziellen Kapitänen und einer zusammengewürfelten Mannschaft. Diese „Seelenverkäufer" haben auch immer wieder ganz versteckte und gut getarnte Ziele in manchen Häfen mancher Städte.

Zuvor konnte sich Stella noch beträchtliche Geldmittel beschaffen. Wie will man ohne diese weiterkommen? „Aber durch die heutige nahezu globale Vernetzung können internationale Geld- und Banktransaktionen blitzschnell zum Empfänger führen. Darum planten und realisierten sie die nächsten Schritte in einer Eile, als wenn der Teufel hinter ihnen wäre. Wäre? Nicht nur *ein* Teufel in Menschengestalt jagte sie!

Juri wusste davon wenig und geriet darüber nicht unnötig in Panik. Und Stella glaubte, dass dieses Aufspüren nur bei wesentlich höheren Summen interessant würde. Aber es ging bei ihnen nicht einfach um Geldtransaktionen, sondern um vermutete Spionage und Fahnenflucht. Und dabei schrillten alle Alarmglocken in vielen Abteilungen, Büros und Köpfen.

„Ihr" Kahn, ein sehr unschöner Frachter mit dem schönen Namen „Jasmin", fuhr unter libanesischer Flagge. Kapitän Fedeor Putowski war korrupt und auch jeglicher Art von Erpressung zugeneigt. Dies wussten vermutlich ausser den Kombüsenleuten praktisch alle auf dem Frachter, schwiegen aber aus Angst, nicht eines Nachts gewaltsam über Bord gehen zu müssen. Entsprechend war die Stimmung in der zusammengewürfelten Mannschaft. Und die Ladung? Niemand sprach darüber ein Wort. Also wohl einfach Handelswaren aller Art. Jedenfalls war soviel durchgedrungen, dass da unten im Bauch des Schiffes viele Kartoffelsäcke lagen. „Ob sich so etwas rentiert?", fragten sich manche Matrosen. „Hier rund um das Schwarze Meer sind doch keine eigentlichen Hungergebiete anzureffen! Nun, das ist nicht unsere Sorge!"

Juri und Stella waren vermutlich die einzigen Passagiere an Bord. Hätte man sie entdeckt, so wären sie gewiss als sogenannte blinde Passagiere ausgeliefert worden, trotz der fürstlichen Passage, die Stella in harter Währung dem Kapitän in die Hand gedrückt hatte.

Der Erste Offizier, Andrei Smirnow, war stolz auf seine drei golden Streifen an der aber gar nicht sauberen weissen Uniform. Eigentlich vom ersten Augenblick an war er in Stella vernarrt und stellte ihr nach wie ein dummer Gockel, dann auch gleich wieder wie ein schnurrender Kater oder wie ein aufgeblasener Pfau.

„Spiel das Spiel mit", flüsterte besorgt Juri leise in Stellas Ohr.

„Der Kapitän Fedeor Putowski hat mich vermutlich bereits als Deserteur erkannt. Wahrscheinlich wurden alle Schiffe über Funk oder weiss was orientiert, dass ein Matrose vermisst wird und fahnenflüchtig ist. Wie üblich werden dann grosse Belohnungen, Belobigungen und sogar Orden versprochen für die Aufgreifung eines Vaterlandverräters. Belobigungen und Orden will der Hund nicht, aber Geld! Und welches sein Vaterland ist, weiss vermutlich nicht mal er selbst.

Er gab mir unmissverständlich zu verstehen, dass er an unser Geld will oder uns sonst ausliefern wird. Die ausgemachte Fahrpassage reicht dem gierigen Lump natürlich nicht. Wir haben nur eine Chance auf diesem Kahn. Der Erste Offizier, Andrei Smirnow, lechzt nach dem vierten goldenen Streifen, nach Macht und vor allem auch nach dir! Und er hat den grössten Teil der Mannschaft hinter sich.

Glaube mir, meine Liebe, ich kenne solche grausamen Spielchen zur Genüge. Mit ihm und durch ihn müssen wir uns vom Kapitän befreien. Platz für den hat es genug auf dem Grund des Schwarzen Meeres. Nachher sehen wir weiter!"

„Das ist ja entsetzlich", stöhnte Stella. Ihr graute vor einem Mord, auch vor dem schleimigen Smirnow, aber noch mehr graute ihr vor einer Auslieferung.

Das Gespräch der drei bis jetzt heimlichen „Meuterer" war kurz, voller Emotionen, und der Plan eigentlich simpel. Nächste Nacht ging einfach unbemerkt ein Mann über Bord, nachdem dieser zuvor mit billigem Fusel vollgepumpt war wie eine alte Haubitze. Man würde auch noch etwas nachhelfen mit einigen K.O.-Tropfen. Dass dies unglücklicherweise der Kapitän Putowski selbst war, der über Bord ging, wer konnte was dafür oder dagegen tun. Es ist doch allgemein bekannt, dass Fedeor ein Säufer war. Die See in dieser Nacht war ruhig, vor allem für einen Seemann. Nur eine leichte Dünung, kein eigentlicher Wellengang. An diesem konnte es also nicht liegen, sondern am betrunkenen Gang des Kapitäns. Schade, aber man hatte so etwas kommen sehen! So ähnlich wollte Smirnow am nächsten Morgen die Besatzung orientieren.

Ohne Gebet und ohne Zeremonie, aber mit einem wüsten Fluch seitens des Ersten Offiziers plumpste um Mitternacht der nackte Körper von Fedeor Putowski in die Fluten. Man besass an Bord keine zweite Kapitänsuniform, und darum wurde die von Fedeor für später benötigt. Diese passte zwar nicht ganz zur Postur von Andrei Smirnow. Aber so etwas fällt auf einem so verlumpten Kahn und bei einer solchen Mannschaft gar nicht auf.

21

Nach dieser kurzen, aber grauenhaften Aktion dachte Stella an das Gespräch mit dem orthodoxen Popen in der schönen Sankt-Wladimir-Kathedrale in Sewastopol zurück, als dieser vom Wasser sprach, an dem viele noble Drahtzieher von Verbrechen hausen und residierten. Wie zitierte er gleich wieder aus der Bibel?

„Da steht irgendwo von einem Endgericht, an dem die Erde, das Meer, ja selbst die Hölle ihre Toten hergeben werden zu dieser ‚göttlichen Abrechnung'. Man werde dann wohl staunen, wie viele Tote aus den Ozeanen, den Meeren, aus den Seen, Strömen, Flüssen und Bächen erscheinen. In den Jahrtausenden sind in all den Gewässern so viele Menschen auf den stillen und verschwiegenen Grund ‚befördert' worden, dass man sich dies kaum ausdenken kann.

Kriege auf dem Wasser, Seuchen auf den Schiffen, Meutereien, Piraten, Verbrechen ohne Zahl! Mancher Schwimmer im kühlen Nass wurde wohl vor Schreck erstarren oder gar ebenfalls versinken, wenn

er wüsste, über wie vielen Skeletten und Knochen-
fragmenten er da oben fröhlich seine Runden zieht!"

Damals hatte die junge Gruppe über solche ihrer
Ansicht nach etwas verschrobenen und antiquierten
Gedankengänge leise geschmunzelt. Jetzt aber meinte Stella innerlich fröstelnd: „Solche Hirngespinste
sind das eigentlich nicht!"

„So, und nun lasst uns feiern", schreckte Smirnow
sie in ihren Gedanken auf. „Morgen werde ich mich
selbst in dieser Stunde der Not zum Kapitän ernen-
nen und übernehme das Kommando! In einer kurzen
Gedenkzeremonie werden wir dann Putowskis gedenken, der leider betrunken in stockfinsterer Nacht
über Bord ging. Hernach offeriere ich in der Kapitänsuniform meiner Mannschaft und meinen lieben
Passagieren einen Drink! Jetzt aber können wir
schon etwas vorweg festen und feiern!"

„Lass mich los", zischte Stella Andrei Smirnow an.
Nicht zu sanft, aber auch nicht zu heftig, entriss sie
sich dem Arm, den dieser bereits um sie legte, denn
sie mussten ihn bei Laune halten. „Ich kann nach
dieser grauenhaften Tat wirklich nicht feiern! Lass
mich endlich los, zum Satan! Ich bin todmüde und
will allein sein!"

„Grauenhaft? Das wäre doch nur dann das richtige
Wort, mein Täubchen, wenn du und dein Juri an die

russische Militärjustiz ausgeliefert würden. Denk immer daran und erzeige dich dankbar!" Stella überhörte nicht den leise drohenden Unterton in der Stimme von Smirnow. Sie fasste aber trotzdem Mut und meinte:

„Wir sitzen alle in einem Boot; so sagt man doch oft oder nicht? Wir könnten uns alle gegenseitig beschuldigen! Also keine versteckten Drohungen!"

„Es droht doch hier niemand! Aber vergiss nicht: Morgen bin ich Kapitän, und wem wird wohl mehr geglaubt? Ihm oder einem Fahnenflüchtigen mit seiner italienischen Spionin?"

„Geh' doch zum Teufel oder auch auf den Meeresgrund!" Dies dachte sich Stella aber vorsichtshalber nur und biss sich dabei heftig auf die Lippen, ehe sie verschwand.

Was Juri mit diesem dreisten Halunken danach noch unter vier Augen besprach, war vermutlich nicht „von schlechten Eltern"! Man lernt manches als Matrose auf der rauen See und unter rauen Seeleuten in der russischen Marine. Jedenfalls wurde der morgige neue Kapitän Andrei Smirnow bedeutend weniger aggressiv.

22

Stella wehrte auch in der nächsten Zeit die plumpen Annäherungsversuche des neuen Kapitäns vorläufig mit der Begründung ab: „Das würde doch wirklich auffallen bei der Mannschaft. Hier haben die Wände Ohren! Fedeor Putowski über Bord – und du über Nacht der neue Kapitän und schon mit mir liiert!?"

„Liiert", meinte Andrei lüstern. „Lieber mit dir nicht nur liiert, sondern unter einer Decke!"

Juri doppelte nach mit der Bemerkung: „Auch bei anderen der Besatzungsmitgliedern fallen beim Anblick Stellas die Augen aus dem Kopf. Also vorsichtig!"

„Warten wir bis Varna. Dort steigt dann ein Fest, von dem die alten Römer nur träumen könnten!", ergänzte Stella.

Jedenfalls hielten sie sich den sauberen neuen Kapitän auch damit vom Leibe, indem sie einigen in der Mannschaft steckten, dass dieser wohl ihren alten Kapitän auf dem Gewissen habe und vermutlich sich auch an dessen ergaunerten Mitteln gütlich tun werde. Mit finsteren Blicken wurde darum Smirnow von manchen bedacht, und vernehmbar murmelten sie bewusst in seiner Nähe: „Es ist doch immer das gleiche: Die kleinen Leute gehen leer aus und die Grossen werden noch grösser!"

Damit war der Funken an die Lunte gelegt. Es gab eines Nachts eine wüste Meuterei. Nein, nicht mehr an Bord, sondern in einem veralteten, verrotteten und vergessenen Seitenteil der Hafenanlagen von Varna. Dies gab Stella und Juri Gelegenheit abzuhauen!

23

Seit kurzer Zeit ist Bulgarien Mitglied der Europäischen Union. Aber viele Zuschüsse und Gelder werden immer noch gestoppt mit der Begründung, dass die Regierung zunächst die allgegenwärtige Korruption und Kriminalität effizienter bekämpfen solle. Dies gleicht natürlich in einem solchen Land dem Kampf gegen eine Hydra.

Einige Minister meinten darum bei einer inoffiziellen Besprechung, die offiziell gar nicht stattfand: „Wir müssen mal einige Exempel statuieren, die wir dann als Musterbeispiele unseres Kampfes vorweisen können!" Giftige Bemerkungen, dass mal zuerst in ihren eigenen Reihen aufgeräumt werden sollte, verpufften in der Luft und erzeugten eine nur noch gehässigere und vergiftete Stimmung.

Etwas kam diesen Plänen der Minister sehr entgegen! In der versteckten Halle in einem eigentlich stillgelegten Teil des Hafengeländes in Varna feierte die Besatzung der „Jasmin" ausgiebig und ausschweifend. Nachdem der Alkohol in Strömen floss, entbrannte logischerweise der Streit zwischen der

gespalteten Mannschaft und dem neuen Kapitän Andrei Smirnow. Eine trunkene Stimme brüllte diesen an: „Du willst dich nur bereichern
und hast darum unseren alten Boss um die Ecke gebracht!"

Brüllend und fluchend stimmte der Grossteil der Mannschaft mit ein. Nachdem dann zu allem Übel auch noch die Flucht von Juri und Stella entdeckt wurde, rastete Smirnow völlig aus und tobte wie ein Berserker. Nach heftigen weiteren Wortgefechten mit viel Gebrüll und Geschrei folgten eine deftige Schlägerei und schliesslich sogar eine Messerstecherei.

Dieser Tumult lockte nun doch die Hafenpolizei herbei. Die ganze Bande wurde verhaftet und in Gewahrsam genommen.

„Das ist unsere Chance!", meinte der Justizminister. „Diesen wohl alltäglichen Streit spielen wir jetzt hoch! Vermutlich finden wir bei genauen Nachforschungen etliche üble Dinge!"

So folgten endlose Befragungen, nicht mehr durch die Hafenpolizei, sondern durch eine Spezialeinheit des Inlandgeheimdienstes. Und diese waren nicht nach feiner Art! Brisante Einzelheiten kamen ans Licht, wie das plötzliche Verschwinden des alten Kapitäns, die undefinierte Ladung des Kahns, die

Flucht zweier blinder Passagiere, darunter sogar ein Deserteur der russischen Flotte.

„Wo ist der Kapitän?", zischte einer der sehr ungemütlichen Befrager Smirnow an.

„Hier!", meinte der sehr kleinlaut gewordene Smirnow; „ich bin der Kapitän!"

„Nein, nicht du, du Idiot! Ich meine den alten und echten Kapitän Putowski!"

„Warum ist das Schiff noch nicht ordentlich bei der Hafenbehörde gemeldet, und was habt ihr geladen?", schoss die nächste Frage hervor, bevor die erste überhaupt beantwortet war. Was auch hätte Smirnow dazu sagen sollen, ohne gleich lebenslänglich in einem bulgarischen Gefängnisloch zu verschimmeln?

„Wir wollten zuerst feiern nach der glücklichen Fahrt von Sewastopol nach Varna. Nachher hätten wir uns ordnungsgemäss bei der Hafenbehörde gemeldet und die Fracht gelöscht. Ihr habt uns ja daran gehindert mit dieser Razzia der Polizei!", meinte sehr kleinlaut geworden Putowski. „Über die Fracht wusste allein der alte Kapitän Bescheid. Wir haben nichts zu verbergen."

„So, feiern wolltet ihr zuerst? Was? Den Mord an Putwoski? Und die eigentliche Fracht war schlecht getarnt! Unter den Kartoffelsäcken wurden Waffen, Drogen, Alkohol und Zigaretten sichergestellt! Nun, man kann ja auch aus halbfaulen Kartoffeln billigen Wodka brennen, darum war sogar deren Transport nicht ganz vergeblich", bellte der unheimliche Geheimdienstmann Smirnow an, verbunden mit etlichen heftigen Faustschlägen ins Gesicht und in die Magengrube.

„Ja, krümme dich nur vor Schmerz, du Hund, dann fallen dir gescheitere Antworten ein. Ich habe nämlich noch weitere Fragen auf Lager! Was ist mit den zwei Geflohenen, die als blinde Passagiere mit an Bord waren?"

„Keine Ahnung!"

„Du hast dich doch sehr intensiv mit dieser blonden Italienerin abgegeben!"

„Wer sagt das?"

„Deine ganze saubere Besatzung, die sich vermutlich aus zehn verschiedenen Nationen zusammensetzt und in jedem Verbrecheralbum an vorderster Stelle figuriert!"

Nun, die „Gespräche" dauerten und dauerten. Was dabei alles herauskam, wird wohl nie ans Tageslicht gelangen. Die Besatzung der „Jasmin" allerdings auch nicht. Diese wurde später in einem Schauprozess zu mehrjährigen Haftstrafen verurteilt.

Aber was heisst das schon? Vielleicht sind einige davon bald mal wieder auf freiem Fuss, je nach Situation und je nach Kaution!

Der Eigner der „Jasmin" wurde natürlich auch gesucht. Wie gesagt, dieser alte Pott schipperte unter der Flagge von Libanon. Aber der Sitz jener ominösen Gesellschaft liegt im Fürstentum Lichtenstein, und zwar als sogenannte Briefkastenfirma. Was kann man da unternehmen?

In der Kajüte des Kapitäns fand man nebst Fingerabdrücken an Flaschen und Gläsern von Smirnow und weiteren nicht registrierten Personen auch noch Rückstände von einem unbekannten Schlafmittel in dem Glas, aus dem vermutlich Putowski getrunken hatte. Vor allem aber ein Brief des Kapitäns erregte noch einige Aufmerksamkeit, in dem ungefähr folgender Wortlaut zu entziffern war:

„Sollte mir irgendwann und irgendwo etwas ‚Menschliches' zustossen, so empfehle ich, eingehend den Ersten Offizier Andrei Smirnow zu befragen. Dieser lechzt nach meinem Posten und will mich vermutlich bei nächstbester Gelegenheit um die Ecke bringen! Er hasst mich wie die Pest und will an mein Geld und an meine Uniform. Übrigens: Ich hasse ihn auch, und er ist ein Schwein! Gezeichnet: Fedeor Putowski, Sewastopol. Es folgte Datum und Unterschrift, daraus man entnahm, dass dieses Schreiben etwa drei Tage vor seinem Verschwinden aufgesetzt wurde.

„Warum nur war denn dieser Idiot nicht misstrauischer und vorsichtiger, als das vermutliche Saufgelage in seiner Kajüte begann?", meinte einer in der Untersuchungskommission.

„Sei du mal misstrauisch nach einer halben Flasche Wodka!", entgegnete einer seiner sauberen Kollegen.

„Darum trinke ich mit Mass und saufe nicht wie eine Kuh!"

„Mein Vater war Bauer! Und er sagte oft: ‚Eine Kuh weiss, wann sie genug hat. Ein Mensch aber nicht!'"

„Du musst einen gescheiten Vater gehabt haben, lachte der Angesprochene. „Schade, dass sich dies bei dir nicht so sehr vererbt hat!"

„Hört doch auf mit dem blöden Geplänkel, Leute. Jetzt haben wir hier doch eine schöne Geschichte für

EU-Kommissare, wie wir der Korruption und Kriminalität hierzulande zu Leibe rücken. Also können die Millionen fliessen!"

„In welche Taschen", fragte ein anderer kritischer Zeitgenosse. Aber seine Frage wurde tunlichst überhört!

24

Stella und Juri flüchteten gemeinsam eigenartigerweise auf nahezu der gleichen Route wie zuvor Pietro. War dies Zufall oder Fügung? Wer weiss das! Juri, der mit einem tschechischen Pass unterwegs war, erregte eigentlich keine oder nur mässige Aufmerksamkeit. Aber der Fluch einer erotischen Frau ist es, immer und überall begafft zu werden.

In Rijeka fanden sie– eigentlich wieder durch Zufall – das Grab von Pietro. Sie lasen in einer alten Illustrierten vom unaufgeklärten Mord oben bei der Burg Trsat und von einem einsamen Grab an einer alten Burgmauer. Es musste wohl ein junger Italiener gewesen sein, der dort erschossen wurde und der auf den Namen Pietro hörte.

Als Stella sich daraufhin bei der Polizei als frühere Freundin des Ermordeten ausgab und mit Tränen in den Augen erklärte, dass sie beide bald einmal heiraten wollten, rief dies beim dortigen Beamten eine gewisse Rührung hervor. Ob diese echt war oder ob dieser einfach Stella ein wenig länger um sich haben wollte, wer weiss das? Jedenfalls zeigte er ihr wohl verbotenerweise einige Fotos des Ermordeten. Stella durchzuckte ein Blitz von Schmerz und Trauer!

„Dio mio! Es ist Pietro!", schluchzte sie.

Mit Juri besuchte sie dieses einsame Grab. Die Tränen von Stella an der Burgmauer und bei einem schon bald verwitterten und schief gewordenen Holzkreuz, auf dem nur noch „Pie..o" zu entziffern war, weckte doch Eifersucht in Juri, obwohl er sich einen Trottel schalt, auf einen Toten eifersüchtig zu sein.

Aber es gab einen Mann in Stellas Leben, den sie vielleicht mehr geliebt hat als jeden anderen, der nachher in ihr Leben trat: Also auch er? Gegenüber Stella aber gab er vor, ebenfalls in Trauer versunken zu sein.

Stella benachrichtigte Pietros Mutter, damit diese wenigstens die sterblichen Überreste in die Heimat überführen lassen und dort am Grab ihres Sohnes trauern und vielleicht auch etwas Trost finden konnte. Ihren Aufenthalt gab sie aber nicht an und meinte lediglich: „Ich bin stets unterwegs!"

„Das sind wir alle", meinte Pietros Mutter. „Aber danke, Stella! Weisst du, dass er dich geliebt hat?"

„Ja", schluchzte diese ins Handy, aber so, dass Juri davon nichts mitbekam.

Sie vermutete auch, wer hinter diesem Mord steckte, nämlich seine eigenen früheren Freunde. Diese wollten und konnten es sich nicht leisten, einen lästigen Zeugen für den Waffendeal am Leben zu lassen auf die Gefahr hin, dass dieser irgendwo und irgendwann unter Druck aussagte.

„Darum kann auch ich nie mehr nach Hause! Mit dir, Juri, sowieso nicht! Wir müssen so weit weg wie möglich! Und da heisst es wohl am besten: ab nach Australien!"

Juri war jedes Land recht, das so weit als möglich von der Krim und von Russland weg war.

Aber ob nicht auch dort der „vaterländisch gesinnte" Geheimdienst tätig ist?

Zu erwähnen ist noch, dass die Beamten, die den damaligen Fall Pietro verschlampt hatten, mit der Begründung, die manchmal etwas gespannten Beziehungen im Adriaraum nicht noch mehr anzuheizen zu wollen, mit einer lauwarmen Verwarnung davonkamen.

Ein nachträglicher Bericht an die italienische Polizei war ein kleines Meisterwerk diplomatischer Sprachgepflogenheiten, das heisst also: Viele schöne Worte, mit denen man wenig bis nichts anfangen konnte. Pietro war aber eine so unbedeutende Figur für den „Grenzverkehr", dass man sich für diesen Bericht höflich bedankte und alles ad acta legen konnte.

So stand der Überführung der Leiche in die Toskana nichts mehr im Wege ausser natürlich die Frage, wer für die Kosten aufkommen würde.

25

In Sewastopol wurde Stellas Gruppe aufgegriffen, verhaftet und verhört, und zwar zunächst durch die ukrainische Polizei. Zwangsläufig, nicht zuletzt durch die Bilder der Überwachungskamera beim Kontrollposten der Schwarzmeerflotte und die damit festgehaltene Flucht des Matrosen Juri, schaltete sich auch die russische Militärpolizei ein. Damit begann ein wohl endloser Streit um die Zuständigkeit in dieser Sache zwischen den Behörden der Ukraine und Gerichtsbarkeit der Schwarzmeerflotte.

Und dann verschwand diese Restgruppe aus der Toskana einfach spurlos. Dies ist in grossflächigen Ländern auch heute noch relativ leicht möglich!

So wie im Kreml in Moskau und vor allem auch in Sankt Petersburg durch die Oktoberrevolution eigentlich die prunkvollen Paläste und die vor Vergoldung strotzenden Säle als dekadentes Andenken an die Feudal- und Zarenzeit hätten geschleift werden und verschwinden müssen, blieben diese aber in der ganzen Pracht erhalten im Gedenken an die Macht und Grossmacht Russlands. Auch bei den Genossen der Sowjetunion gab es welche, die gerne etwas protzten.

Genauso hätten dann 70 Jahre später, nach dem Zerfall der Sowjetunion, auch die Heerscharen der Geheimdienstmitarbeiter verschwinden müssen. Aber man braucht vor allem die Grossen und die Könner unter neuem Namen und in neuen Organisationen wieder für die Erhaltung der Macht und Grossmacht. Deren Wissen könnte gefährlich werden für Russland, und willkommen sein für andere Mächte. Also ist es wertvoller als Öl und Gas für das Vaterland. Verschwinden lassen kann man ja unbequem Werdende jederzeit. Vor allem in einem grossen Land mit einer immer noch sehr zentralistisch operierender Regierung.

Warum sollten denn nicht auch ein paar kleine Ganoven aus der Toskana verschwinden können? Ob dies in der Ukraine oder in den unendlichen Weiten Russlands war? Wer weiss das?

26

In Italien erhielten gewisse Regierungsstellen diplomatisch verbrämte Drohungen aus Moskau, man hätte eine Gruppe Verschwörer aufgegriffen, die einen Umsturz in der Toskana und vermutlich auch Spionage auf der Krim und in Russland geplant hatten.

Zuerst lachte man in Rom darüber. „Ist es den Russen langweilig geworden?"

Doch dann erinnerte man sich an die kürzlich eingegangenen Meldungen von Verschwörern aus San Gimignano, Volterra und anderen Städten in der Toskana und begann die gemeldete Namensliste genauer durchzugehen.

Schliesslich wurden dadurch auch die Rädelsführer in der Toskana festgenommen und verhört. Die Verhörmethoden sind selbst in Italien und anderswo nicht immer ganz human, besonders wenn nur ein Beamter verhört und Tonband sowie Kamera gerade eine kurze technische Panne haben.

Nachherige Beschwerden der Inhaftierten werden ignoriert mit der Begründung, dass solche gescheiterten Existenzen sich nur wichtig machen und in die Medien kommen wollen.

Also tauchten die jungen Revolutionäre auch in Italien wie von Geisterhand eine zeitlang „unter".

Als diese später wieder in der Öffentlichkeit erschienen, waren einige „umgepolt". Ihr Hirn tickte anders und ihre Augen leuchteten nicht mehr für alte Ideale, sondern blickten eher kalt in die Welt. War dies eine Kehrtwende durch sanfte Gehirnwäsche oder mit brachialer Gewalt herbeigeführt? Oder gar mit Geld? Schlüssige Antworten gab es nie.

Oft sind aber auch die Sicherheitsvorkehrungen in den Zellen der Untersuchungshaft etwas veraltet. Darum konnten Brandsätze gelegt und die Wächter abgelenkt werden, und dadurch einige wenige „Revolutionäre" flüchten. Eigenartig war dabei nur, dass es sich bei diesen Flüchtenden meist um Söhne von einflussreicheren Leuten handelte. Um nicht von der Presse höhnisch ausgelacht zu werden, wurde seitens der Behörden alles verschwiegen.

Aber einige der wieder „Aufgetauchten" blieben ihren Idealen treu. Nur wurden diese jetzt mit Argusaugen überwacht!

Hinzu kam zu allem Übel auch ein kleiner und versteckter „Krieg" zwischen den Geheimdiensten Italiens und Russlands. So drohten die Russen, dass nicht nur der schiefe Turm in Pisa schief stehen würde, wenn die Italiener nicht Ordnung schüfen, sondern die halbe Toskana schief gemacht würde! „Also kann man schon mal ein wenig Feuer machen", meinten entsprechende Stellen in Moskau.

Daraufhin spotteten die Italiener: „Das seid ihr Russen ja gewohnt von Sibirien. Dort sind ganze Städte schief!"

„Wegen des Klimas, ihr Idioten!", bellte Moskau zurück.

„Typisch für euch Russen, immer ist etwas anderes schuld, nur nie ihr selbst!"

Solche und andere Liebenswürdigkeiten wurden ausgetauscht, bis es allen einfach zu blöd wurde.

27

Stella fand zunächst dank ihrer Sprachkenntnisse und natürlich aufgrund ihrer Attraktivität in einem Luxushotel in Sydney eine lukrative Anstellung. Sie musste sich aber auch dort laufend vor zudringlichen Herren befreien. Auch in Australien sieht mancher gerne schöne Frauen!

Die bekannten Klischees über Australien wie Kängurus, Koala-Bären, die unendlichen Weiten des Outback, die riesigen Schafherden in oft knochentrockenen Steppen, welche ab und zu von Buschbränden heimgesucht wurden, Ayers Rock und was auch immer verblassen eigentlich alle in der pulsierenden Metropole Sydney.

Hier herrscht eine andere Welt vor, nämlich Business total und nicht nur Segeln in den wunderschönen Hafengewässern. Sydney besitzt ja bekanntlich den grössten Naturhafen der Welt. Nicht nur Opern- oder Konzertbesuche in einem aufgrund seiner ungewöhnlichen Architektur bekanntesten Opernhaus der Welt locken hier, vielmehr ein emsiges Treiben wie in einem Ameisenhaufen, eigentlich wie überall in den Grossstädten der westlichen Welt und der aufstrebenden künftigen Wirtschaftsmächte China, Indien oder Brasilien.

Juri und Stella suchten eine neue Existenz und darum auch eine Marktlücke. Die Idee kam bald: Ein Restaurant mit russischer und italienischer Küche!

Die australische Küche ist vielleicht bekannt durch Portionen für Holzfäller, gewiss aber nicht als Eldorado für Gourmets. Ja, es gab sie auch, die Restaurants mit Food und Spezialitäten aus aller Welt, nebst McDonald's und Pizza Hut. Vor allem auch manche Chinesen und Japaner. Auch Italiener natürlich. Die gibt's ja überall, aber oft was für welche!
Die Köche dort sollten dringend mal zu einem Kursus nach Italien reisen.

Also standen auf der ersten bescheidenen Speisekarte des ersten kleinen angemieteten Restaurants eine bescheidene Auswahl an russischen und auch italienischen Spezialitäten, die aber für manchen Heimwehrussen und Heimwehitaliener wie ein Singen der Engel klang und zudem auch manche neugierige Einheimische sowie Touristen anlockte. Genau dies war der Plan der beiden jungen „Unternehmer".

Wenn da angepriesen wird: Antipasti, Primi und Secondi Piatti, Dolci oder dann auch Borschtsch, Pelmeni, Blinys, Pilz-, Gurken-, Zwiebeln- und Tomatengerichte aller Art, das reizt schon manchen neugierigen und hungrigen Magen und verwöhnten Gaumen. Jedenfalls: Der Laden lief bald auf Hochtouren und musste bald vergrössert werden.

Sie fanden kaum Zeit zu heiraten, trotzdem dies beiden das wichtigste Ziel war. Schliesslich schlummerte in ihnen doch noch die katholische und auch orthodoxe Erziehung. Und schliesslich bemerkten sie auch bald mit riesiger Freude, dass Stella schwanger war.

„Also Juri, jetzt mal Betriebsferien einschalten, sonst gibt's in unserem Liebesleben auch ‚Betriebsferien', und endlich heiraten!", drohte Stella lachend.

„Betriebsferien im Liebesleben? Das ist ja die fürchterlichere Drohung als Heirat", erwiderte Juri lachend. „Aber sag mal, in welcher Kirche finden wir einen Geistlichen, der uns traut?"

„Hör mal, Juri, in Sewastopol öffnete mir ein Pope in der Sankt-Wladimir-Kathedrale die Augen für meine Situation und deren Zukunftsaussichten. Darum ging ich hernach nachdenklich spazieren und fand dort an einem verbotenen Quai dich. Von mir aus heiraten wir in jener Kirche. Vorausgesetzt, diese existiert auch in Sydney. Das ist doch auch deine Kirche oder nicht?"

„Ich bin Atheist!", erwiderte er, sehr viel stiller geworden.

„Oh, dann habe ich mit dir in der Zukunft noch mehr Arbeit als bisher angenommen! Auch Atheisten müssen nämlich glauben. Sie haben keinen Beweis für eine Nichtexistenz Gottes!"

„Versuch dies mal, aber es wird schwierig, das garantiere ich dir!", meinte Juri etwas mürrisch.

„Wir haben ja ein ganzes Leben lang Zeit dazu! Ich glaube sogar, dass eine höhere Macht die Hand im Spiel hatte, als wir uns kennen lernten! Und wenn du das einfach als Zufall hinstellst, so bist du ein richtiggehendes Ekel!"

„Will ich aber nicht sein!"

„Siehst du, ich habe schon den ersten Punkt auf meiner Seite. Du wirst sehen, da kommen noch weitere Punkte hinzu!"

„Irgendwo habe ich aber gehört, dass in der Bibel stehen soll, dass die Frau dem Manne untertan sein soll", meinte Juri, jetzt wieder etwas lächelnd.

„Das muss aber eine ganz alte Version sein, die es vielleicht nur noch in russischer Übersetzung gibt!"

„Still, meine Liebe, sonst meinst du, bereits den zweiten Punkt gewonnen zu haben! Du weisst doch, was Lenin gepredigt hat! Zwei Schritte vor und einer zurück!"

„Du lieber Kommunist und Möchtegernkapitalist, komm wir ‚punkten' miteinander woanders! Im dritten Monat der Schwangerschaft geht das noch ganz gut!"

28

„Allerdings ab und zu Ferien in der Toskana, das wollen wir einplanen, wenn Gras über alles gewachsen ist und die ‚Wolken über der Toskana' endgültig verschwunden sind!" Das gelobten sich Juri und Stella nach ihrer Heirat und kurz vor der Geburt ihrer Tochter.

Ihr erster Streit war harmlos: Die Namensgebung für ihr Baby! Russisch oder Italienisch? Nun, es gibt in beiden Sprachen wunderschöne Vornamen. Und man kann ja auch ihrer ersten Tochter etliche Vornamen geben. Das macht sich später gut auf Visitenkarten oder Anschriften!

Und was sollten die jungen Idealisten in der schönen Provinz Toskana nun tun, die wenigen, die noch geblieben waren? Eine legale eigene Partei gründen und via offizieller Politik ihre Anliegen durchbringen? Aber das dauert und dauert!

Vermutlich wird es weiter rumoren; natürlich nur unter der Oberfläche. Junges Blut brodelt, aber die Revolutionäre der ersten Stunde werden älter, ruhiger, zum Teil auch wohlhabend. Die Bereitschaft, für irgendwelche Vorstellungen von Idealen dies alles aufs Spiel zu setzen, schwindet.

„Die Verhältnisse müssen wohl noch schwieriger werden, bis unser Plan reift. Durch uns oder dann durch unsere Kinder. Die Zeit arbeitet für unsere Ideen!" Das war ein gewisser Trost für die standhaft Gebliebenen.

Zudem bietet die italienische Lebensweise und Denkart auch oft einen gewissen Trost, indem man sich sagt:

„Trotz allen Schwierigkeiten leben wir in einem schönen Land, wir haben die beste Küche der Welt, auch die schönsten Frauen, wir haben Sole und Mare, wir haben Amore. Wir sind amtierender Fussballweltmeister! Also Azzuri und Tifosi, freuen wir uns des Lebens und warten wir auf die nächste gute Gelegenheit, bei der sich erneut ,Wolken über der Toskana' türmen!"

Epilog

Am Strand des ligurischen Meers wimmelte es wieder von Wasserratten und Sonnenanbetern. Hotels aller Preisklassen, Bungalows, Wohnwagenburgen, Campingplätze, ein Jahrmarkt der Bräunungsindustrie wie immer.

„Riva degli Etruschi" heisst einer dieser Komplexe. Bei einer abendlichen Pizza fragte ein etwa zehnjähriger Junge seine Eltern: „Etruschi, so hörte ich, kommt vom Wort Etrusker! Wer waren denn die Etrusker?"

„Weiss ich nicht! Frag doch deinen Lehrer!", meinte der Papa, und mampfte weiter an seiner Pizza. „Zuviel Teig und zu wenig Oliven", murrte er. „Trotzdem schön hier. Zu Hause soll es regnen! Nächstes Jahr versuchen wir mal einen Trip auf die Insel Elba. Gut, es gibt auch hier mal Wolken und Schatten über der Toskana. Aber meist scheint bald wieder die Sonne!"

****

Was würden wohl die alten Steine der alten Türme in San Gimignano sagen, wenn sie reden könnten? „Man lehrt Geschichte; aber man lernt nichts aus der Geschichte!"

Vielleicht werden auch zwei „Australier" ab und zu in jener Gegend Urlaub machen und die alten und ehrwürdigen Steine und Türme bewundern. Und dabei würde sich eine gewisse Stella überhaupt nichts anmerken lassen gegenüber einem gewissen Juri, dessen so sympathischen Sommersprossen in der Sonne wieder stärker hervortraten, dass sie im Schatten dieser Türme in einem anderen Leben schon einmal einen gewissen Pietro stürmisch ge-küsst hatte.

Etwas beschämt würde sie sich im Stillen sagen: „Ich weiss eigentlich gar nicht mehr so recht, wie Pietro aussah, so sehr erfüllt Juri jetzt mein Leben!"

Von F.U. Ricardo sind bei Book on Demands erschienen:

Paradies und Hölle in Ascona
ISBN 978-3-8370-6426-1, Paperback, 132 Seiten

Eifersucht
ISBN 978-3-8370-8259-3, Paperback, 196 Seiten

Drama am Weissfluhjoch und am Tafelberg
ISBN 978-3-8370-3567-4, Paperback, 180 Seiten

Der Raub des Luzerner Mädchens
ISBN 978-3-8370-3802-6, Paperback, 164 Seiten

Leuchttürme
ISBN 978-3-8391-1170-3, Paperback, 124 Seiten

Die Kerze
ISBN 978-3-8391-1882-5, Paperback, 164 Seiten

Brot und Salz
ISBN 978-3-8391-1612-8, Paperback, 140 Seiten

Nichts Neues! Wirklich?
ISBN 978-3-8391-1067-6, Paperback, 124 Seiten

Drei Welten, drei Leben
ISBN 978-3-8370-9983-6, Paperback, 220 Seiten

Schmelztiegel
ISBN 978-3-8391-0433-0, Paperback, 196 Seiten

Sehnsucht Puszta
ISBN 978-3-8391-4148-9, Paperback, 140 Seiten